El chiste de Dios

Valenzuela, Luisa

El chiste de Dios / Luisa Valenzuela. - 1ª ed. - Ciudad Autónoma de Buenos Aires: SB; Voria Stefanovsky Editores, 2019.

104 p.; 23 x 16 cm.

ISBN 978-987-4434-81-4

1. Literatura Argentina. 2. Narrativa Argentina. 3. Cuentos. I. Título.

CDD A863

Diseño de colección & diagramación
LUCAS FRONTERA SCHÄLLIBAUM [VELÜ]

Imagen de tapa
EL JARDÍN DE LAS DELICIAS **(DETALLE), EL BOSCO, MUSEO DEL PRADO, MADRID, ESPAÑA**

© Luisa Valenzuela, 2019
© Voria Stefanovsky Editores, 2019
© Sb Editorial, 2019
Primera edición: noviembre de 2019
ISBN 978-987-4434-81-4

Voria Stefanovsky Editores
Espinosa 44, Piso 5, dpto. F - C1406CBB - CABA
www.voriastefanovsky.com.ar
vseditores@voriastefanovsky.com.ar

Sb Editorial
Piedras 113, 4° 8 - C1070AAC - CABA
Tel.: (+54) (11) 2153-0851 - www.editorialsb.com •
ventas@editorialsb.com.ar

LUISA VALENZUELA

El chiste de Dios

Cuentos

Vs sb
EDITORES editorial

España • Argentina • México • Colombia • Chile • Uruguay • Perú • Paraguay • Brasil

Índice

Agradecimiento

Quiero agradecer de todo corazón a la brillante poeta Bibiana Bernal, creadora y directora de la editorial Cuadernos Negros-Fundación Pundarika en el Quindío, Colombia, por la primera publicación de los 14 breves cuentos que integraron inicialmente "El chiste de Dios".

Así como a Jorge Volpi, Claudia Ivonne Giraldo, Octavio Escobar, Santiago Gamboa y Clemencia Ardila, presidente e integrantes del jurado que en 2017 me otorgó en Medellín el Premio León de Greiff al Mérito Literario.

Introducción

Cuando sobre el papel la pluma escribe, a cualquier hora solitaria, ¿quién la guía? ¿A quién escribe el que escribe por mí, orilla hecha de labios y de sueño, quieta colina, golfo, hombro para olvidar al mundo para siempre? Alguien escribe en mí, mueve mi mano, escoge una palabra, se detiene, duda entre el mar azul y el monte verde.

OCTAVIO PAZ, "ESCRITURA", EN *LIBERTAD BAJO PALABRA*.

De dónde vienen las historias, me he estado preguntando.

¿De dónde emerge esa experiencia casi mágica de largarse a anotar lo desconocido como respondiendo a un dictado? ¿Un dictado de quién? ¿Desde dónde?

Dudo de que mi inconsciente sea tan rico. O mi imaginación, si vamos al caso. Pero allí están, esas historias que de manera secreta nos pertenecen aunque no tengan relación alguna con nuestra propia historia. Las que van aflorando por su cuenta cuando logramos por fin desligarnos de nuestras habituales e insidiosas hojas de ruta y sólo escuchamos el rumor del lenguaje fluyendo mucho más allá de las palabras.

Semillas esporádicas y aleatorias dieron origen a varios de mis más recientes cuentos: una sucinta anécdota escuchada, ("Rosa, rosae", "Conjeturas del Más Allá"), una extraña concatenación de hechos ("Black Alice"), el paso por un inquietante hotel europeo ("Desayuno"), una imagen furtiva ("La gomera"), o bien un simple desafío como en "El chiste de Dios" donde desaparece la letra A.

De todos modos, poco podemos saber de ese lugar virtual donde las historias parecerían estar ya compuestas y redondeadas antes de aflorar al papel o a la pantalla.

Quizá un texto que brinde alguna clave sea "El narrador", especie de largo cuento olvidado por años. Fue escrito en 2007 para intentar encontrarle la vuelta a la trama de una novela de conjeturas que se me escurría entre los dedos. *El Mañana* se titulaba la obra que, haciendo honor a su nombre, se iba demorando ante escollos que no me dejaban avanzar con claridad. La premisa fundacional era indagar si las mujeres en general y las escritoras en particular tenemos un acercamiento al lenguaje diferente del de los hombres. Un abordaje que ahonda en el misterio del ser. Para lo cual me había metido en el berenjenal de armar un verdadero thriller, con falsas acusaciones y arrestos domiciliarios y demás entuertos, y había llegado a un punto en que no sabía por donde seguir avanzando.

Así nació un personaje que luego descarté de plano, el Narrador. Un tercero que escribe el texto, más allá de su autora. Y que tampoco es autónomo. Nada de eso. Que apenas sugiere más napas que velan, o quizá develan, el lugar donde yacen delineadas de antemano las historias que con mucha dedicación y esfuerzo lograremos pescar.

Si lo logramos, si conseguimos tirar bien el anzuelo y no perder la caña en el intento.

Desayuno

*Marsella. Dentadura amarilla y cariada de lobo
a la que el agua salada le chorrea entre los dientes.*

WALTER BENJAMÍN, DENKBILDER, EPIFANÍAS EN VIAJES.

El hotel en Marsella es de inspiración marroquí. Manera interesante y creativa de reacondicionar una vieja casona de varios pisos a dos habitaciones por piso y empinada escalera. Un joven por suerte me subió la maleta. La amplia estancia con arcadas moriscas que se repetían en el vasto baño, así como los coloridos faroles y las alfombras berber, me sorprendió y encantó. Para disfrutarla, a la mañana siguiente que era domingo me quedé remoloneando en la cama. Por eso cuando bajé al salón del subsuelo para el desayuno ya casi todos los demás huéspedes se habían retirado. Me sorprendió el comedor largo y angosto, en penumbra. Sin duda supo ser la cava de la casona y daba a un patio interior, hundido, con fuente azul al fondo. Las paredes laterales de ladrillo a la vista tenían largas banquetas frente a las cuales se alineaban mesitas cada una con su silla. Del lado derecho, al fondo, un único comensal taciturno estaba sentado ante la puerta vidriera que daba al patio. Respondió a mi saludo con un gesto de cabeza casi imperceptible. Qué le vamos a hacer.

Tuve que sentarme en el otro extremo de su misma banqueta, contra la pared. Era la mesa que me estaba esperando con todo ya servido, la jarra térmica de café, la canasta de pan y croissants tapada con la servilleta, el vaso lleno de jugo. Olvidé la presencia del taciturno hasta que llegó su mujer, mucho más joven, bella, elegante, que me sonrió al pasar. Se sentó en la silla frente a él, se pusieron a conversar en susurros mientras yo me limitaba a endulzar mis croissants con deliciosas mermeladas caseras.

De golpe estalló la voz del hombre corrigiendo a su joven pareja, —Le beurre, casi gritó. Se dice Le beurre, como se dice Le sang, en masculino.

Se lo recriminó en francés, por supuesto, y yo no pensé en *El último tango en París* ni en nada ni remotamente procaz relacionado con la manteca. Rápido pasé registro a otras lenguas extranjeras y la sentí familiar a la mujer del taciturno. ¿En cuántos idiomas la sangre es femenina, como corresponde? No en francés, no, ni en italiano porque recordé la obra de Giovaninetti *Il sangue verde*. Y en inglés todo sustantivo es neutro. En alemán los géneros parecen estar invertidos y se dice la sol y el luna, quizá la manteca y la sangre sean también femeninas en alemán, pero no tenía manera de averiguarlo en ese momento. Así que me sentí hispanamente solidaria con la mujer. Por eso casi sin pensarlo desde el otro extremo del salón, es decir desde mi punta de la larguísima banqueta, atiné a preguntarle a ella en voz bien alta cuál era su lengua de origen. Casi me laceró el silencio sepulcral e indignado de ambos.

Consternada me zambullí entonces en el periódico a mi alcance y me dejé atrapar por las noticias de la gran huelga nacional como quien se borra del comedor y sus circunstancias, separándome con todo esmero de la pareja allá a lo lejos frente al húmedo patio hundido. Casi llegué a olvidarlos. Hasta que un movimiento en el salón hizo temblar las finas hojas de Le Monde en mis manos y sin pensarlo levanté la vista. El hombre acababa de pasar frente a mí, de regreso de la salida o más bien de la cocina porque llevaba un cuchillo grande en la mano. El hombre tenía aspecto de carnicero, aunque de reojo me pareció distinguir que el cuchillo era bien grande, sí, y puntiagudo, pero quizá serrado, como cuchillo para pan. Volví a lo mío, Obama acababa de vetar otra ley y el diario era un verdadero remanso. Cada tanto se alzaba la voz del hombre. No era cosa mía. Me serví otra taza de café, reanudé mi calmo desayuno de domingo hasta que oí el gorjeo de la mujer: parecía sollozar. O quizá reía.

Pura ficción, me dije, la única realidad está en Le Monde. Me prohibí mirar para su lado, mi mundo no era el de ellos en el otro extremo de la larga fila de mesitas individuales y la larga banqueta común. Mi mundo estaba en esta punta, en la canasta de pan, la poca mantequilla que quedaba, los pequeños potes de mermelada, la jarra de café ya vacía, esas cosas. Un farol marroquí en medio del salón penumbroso me hacía guiños. O no. Yo estaba enfrascada en el periódico al que me había condenado la pareja del extremo opuesto. Yo no tenía nada que ver con sus asuntos o con el género de sus vocablos.

Hasta que otra brisa volvió a sacudir las páginas tamaño sábana que yo seguía sosteniendo entre mis manos como pantalla, y al levantar una vez más la vista pude ver a la mujer que desaparecía por la arcada rumbo a la escalera. Tras ella quedaba un reguero en las blancas baldosas del piso, un fino hilo rojo.

Jugo de tomate, me dije.

Para Birgitte Torres Pizetta

Almuerzo

Todo fue fruto del despiadado azar. Ya no hay respeto ni para las señoras grandes como nosotras. Ocurre que ese mediodía de jueves, al dirigirnos a nuestra habitual parrilla la encontramos cerrada y con un cartel que decía En Venta. Así, sin explicación alguna. No queriendo darnos por vencidas avanzamos media cuadra y vimos un atractivo restaurante japonés. Bife de costilla o sushi, qué más da. Nos ofrecieron una mesa con vista a la calle pero la sala ya estaba casi llena con familias vocingleras y esas molestias, así que descubrimos un salón del fondo casi vacío y allí nos instalamos, apreciando el jardincito de atrás con bellas reminiscencias orientales. Unas altas cañas de bambú por empalizada, canteros de plantas de papiro como toda ornamentación vegetal, piso de pedregullo gris. La pura calma. No podíamos pedir nada mejor, era un mediodía fresco con muy buena luz que se filtraba entre las cañas y los papiros, podíamos sentirnos en el Japón y adivinar un pequeño estanque oculto donde nadaban las carpas como en los grabados de Hiroshigue. Hasta creí oír el sonido del agua al caer en cascada.

La copa de champán atención de la casa casi nos fue impuesta. Aunque yo habría preferido sake, ¿quién se resiste al champán? ¿Extra brut?, preguntó mi amiga Marcela que a su vez soñaba con una copa de vino blanco. Extra brut, confirmó la camarera y ya no tuvimos escapatoria. El champán cambia los ánimos, pero antes que nada ordenamos sushi y sashimi de salmón y de atún, unos makis especiales de la casa y nos dispusimos a la plácida conversación y al módico festejo. Para Marcela era el fin del semestre en la universidad y planeaba dedicarle su atención individida a la novela que había estado aplazando por demasiado tiempo. Mis intenciones eran equivalentes, y esperábamos alentarnos y romper los mutuos bloqueos. Marcela me había invitado esa misma mañana a hablar con sus estudiantes sobre el arte de escribir ficción. Y hablar hablamos de la mejor manera, como si todo fuera sencillo, como si las palabras fluyeran con la alegre facilidad del agua en la fuente oculta en el jardín del fondo. Les dijimos a los pobres incautos de la magia del trabajo creador que ata inesperados cabos, de la fuerza del lenguaje conduciéndonos por territorios que previamente ignorábamos conocer, de la libertad que debemos darle a cada personaje para que vaya diseñando en palabras su propia historia. Hablamos también de Wittgenstein y su noción de que no hay objetos sino hechos: formas de ver el mundo para dibujar un mapa comprensible de esto que llamamos realidad sin poder precisarlo demasiado.

En el salón del fondo del restaurante japonés en el barrio de Belgrano, frente al plácido patio de bambúes, rememoramos en parte nuestras propias palabras. Allí todo parecía simple, factible, y si no había cosas sino hechos, bueno era dejarse mecer por el hecho de que nos habían servido sendas copas de Extra Brut y las íbamos bebiendo sin apuro. La atmósfera era tan amable que nos sentíamos transportadas a otra dimensión del espacio, a un mundo Zen quizá, y ni percibimos la paradoja de saber que había, sí, un par de novelas a medio hacer que nos aguardaban (cosas) pero el hecho de sentarnos a completarlas últimamente se estaba viendo trabado por alguna forma bastante habitual de parálisis o crisis de inspiración. Detalles secundarios ante el hecho incuestionable de ir poniendo esa cosa llamada wasabi en el rectangular platito con salsa de soja donde rehogaríamos los bocados de sushi y de sashimi.

Yo ya me sentía en el Japón. Fue en Ise-Shingu, en un restaurante de madera como una enorme caja que había sido un antiguo depósito de pescado, empecé a decir, donde descubrí el verdadero atún rojo. Color remolacha. Increíble.

Otros recuerdos de ese viaje no tan lejano me fueron asaltando, colándose en nuestra mesa. En el Japón un occidental está en las antípodas de sí, las antípodas de todo, desde la más simple gestualidad hasta los sistemas de creencias. En el aquí y ahora del restaurante en el barrio de Belgrano, en cambio, lo que pasaba a nuestro alrededor no nos era del todo ajeno. Ni indiferente. Y no sólo a causa del bello gato blanco que se acababa de asomar al jardín por encima de la empalizada. No. También notamos la afluencia calma de nuevos comensales que habían ido paulatinamente ocupando las mesas vacías.

—Esto es una aguada de búfalos jóvenes —recordé sonriente la frase de mis años mozos. Una aguada de búfalos jóvenes, como decíamos entonces; buen coto de caza.

Un decir. En el restaurante japonés no estábamos en ánimo acechante sino contemplativo. Receptivo quizá, por culpa del champán. Extra Brut por cierto.

Sin embargo empezamos a notarlo. Sin una palabra lo fuimos notando, era como una reverberación en la energía ambiente, como el alza de un par de grados en la temperatura. Y eso que los hombres no nos miraban a nosotras ni nosotras a ellos. Sólo percibíamos por los poros su presencia, a nivel subatómico. No recuerdo quién de nosotras fue la primera en nombrarlo. Es un baño de testosterona, dijimos. Una inmersión total. Y no porque nunca antes hubiéramos pasado por situaciones similares donde fuimos únicas mujeres entre un grupo de hombres, por supuesto que no, sino porque allí el hecho se daba como desvinculado de la cosa en sí, es decir desvinculado de esos hombres almorzando.

Afuera al gato blanco de la empalizada se le unió un gato negro. El yin y el yang, comentamos felices. Igual que aquí dentro. Pero ¿cuál de los dos gatos será el yin y cuál el yang? ¿Es el color del yin blanco, el del yang negro?

Buena pregunta. Inútil pregunta de intercambiable respuesta. Eso en el Japón, claro, donde nada es lo que parece ser, donde en el Santa Sanctorum de los templos shintoístas la deidad es un espejo siempre cubierto que quizá ya se ha desintegrado con el correr de los siglos, donde se venera a los kami, espíritus de la naturaleza que son hálito y esencia y por ende están en todas partes y en ninguna. Al igual que el ámbito de testosterona que nos envuelve y subsume.

Una de nosotras mencionó lo virtual, y agregó —comparándose— que lo virtual es la cualidad de las vírgenes. La otra la corrigió: No te sientas aludida, no se trata de *lo* virtual, la cualidad de las vírgenes es la virtud. Nada que ver con nosotras.

El alivio de una risa refrescó el aire. Una risa en sordina para no alborotar la danza de las feromonas.

Afuera, sobre la empalizada, el gato negro al acecho parecía disponerse a saltar al patio.

—Pobres carpas —dije—; están en peligro.

—¿De qué carpas hablás, qué clase de carpas, dónde hay carpas?

—Hablo de los peces regordetes que nunca faltan en Japón y que sin duda nadan tranquilos en el pequeño estanque que sin duda está oculto tras el macizo de papiros.

Puras suposiciones, claro. Pero el gato negro no se decidió al salto y desapareció al rato tras la tapia. ¿Era ése el gato yang, el blanco el yin? ¿De qué color somos nosotras? No importa, dentro del negro hay siempre una mancha blanca y viceversa. Somos la mancha yin en un campo yang, heráldica del género o de la pura pulsión. No sabemos si blanca o negra. Se dice que la mancha blanca en la cabeza o el pecho de un perro negro es la marca del ángel, ¿entonces la mancha negra en el blanco será la marca del diablo? ¿Sucederá lo mismo con los gatos? ¿Con los seres humanos?

Una de nosotras lanzó como al descuido la idea de embarazo. Me siento embarazada, dijo. Preñada sería la palabra, corrigió la otra que compartía la sensación. Como una pregnancia es decir no preñadas de hijo ni de nada tangible, por supuesto, convinimos ambas. Preñadas de posibilidades, de entusiasmo, de ideas, de ganas de escribir. Como si se hubiera descorrido una cortina.

Ése era, sentimos, el verdadero salto. Ése el peligro y la aventura. Una metáfora, claro está, como todo lo demás.

La testosterona virtual.

El Japón es así.

Y a la hora de los postres pedimos helado de jengibre. No había. Y té verde. No había. Sin sorna preguntamos qué clase de restaurante japonés era ése.

—No es japonés, nos contestó la camarera muy suelta de cuerpo.

No se hagan ilusiones. La camarera no lo dijo pero igual lo percibimos. Lo nipón que era falso se nos esfumó en el aire. Quieran los kami —esos espíritus que ni siquiera son falsos ni son nada y sin embargo son— que la pregnancia no nos abandone. Y que podamos dar el salto a ese estanque que no está y que con o sin carpas nos aguarda.

Para Laura Linares

Cena

—¡Qué plomo, Gaby, ya estoy harta! Porque al Arnoldo lo buscan de la oficina, lo buscan sus familiares preocupados, los amigos todo el tiempo me llaman todos para preguntarme dónde está. ¿Qué querés que les conteste, decime vos? No tengo por qué contarles que noches atrás para nuestro aniversario de bodas me citó, ¡vaya sorpresa! en un restaurante fino. Pero como de costumbre me dejó esperándolo horas, asi que me harté y me pedí un pollo al estragón que era una delicia. Estaba chupando los huesitos cuando por fin llegó el Arnoldo muerto de risa, sin disculparse ni nada. Casi sin saludar me dijo "Por un momento pensé que estabas imaginándote que esos eran mis huesos y los chupabas con ganas de comerme vivo". Mirá qué gracioso el Arnoldo, ahí yo también me reí pensando en nuestro matrimonio tan insulso, nada que ver con el pollito aromático y suculento. Pero sobre todo me reí feliz porque acababa de descubrir una faceta oculta en la chata personalidad del infeliz de mi marido.

—Mirá qué suerte tenés, Elmira, novedades a esta altura. Y qué le descubriste por fin al infeliz de tu marido ¿un muy disimulado sentido del humor? ¿inesperada imaginación? ¿don de fantasía?

—Nada de eso. Le descubrí una muy rara capacidad premonitoria...

La marca

Empezó como un juego y pronto se le convirtió en un propósito ineludible. Algo entre la pasión y el oscuro deber. Las voy a matar a todas, se dijo, como que me llamo Juan Marq...

La última letra de su nombre le quedó vibrando en la lengua de la mente, ese badajo de campana que amenazaba con hacerle estallar el cerebro. Habría podido escribir Mark o Marc, lo supo desde siempre, o mejor dicho desde aquel día aciago cuando entendió que ya no March, nunca más March, nunca por siempre jamás. Se sentía agotado, aquel día, y no a causa de la enfermedad incipiente sino del diagnóstico. Una simple sentencia de muerte a largo plazo: mal de Chagas. Empezó rechazando el nombre clínico tan poco poético. No era romántica tuberculosis, ni leucemia que por más letal que fuera sonaba a lamida o caricia de olas del Caribe. Chagas. Como un disparo de escopeta. Y para colmo, para colmo, el asco a las cucarachas, a ese insecto asqueroso y cucarachil que lo había picado en algún momento de su estúpida vida en el Chaco. Al Impenetrable había ido en un arranque porque sabía que allí nadie lo podría encontrar y no quería ser encontrado y no quería —menos, menos— reconocer que nadie lo buscaba. Entonces en el Chaco, en Villa Charata para mayor exactitud, lo encontró la vinchuca. El mal de Chagas. ¿Quién ante tanta cacofonía era capaz de seguir apellidándose March? Barajó Marc y Mark, pero optó por la q por ser una letra insólita y por sentirse inconcluso. Así de simple. Y pensó escaparle a los chasquidos que marcaban la amenaza. La imaginación ata inesperados hilos. Y se dejó estar Marq por los años de los años —así es el mal de Chagas, irremediablemente lento y también irremediable. Ya llevaba como diecisiete años de Marq con q y se había acostumbrado al lento deterioro de su corazón, imperceptible a corto plazo. Una paulatina pérdida de fuerzas que lo había traído hasta este momento, hasta este lugar y circunstancia. Es decir enero 22, 2006, Santiago de Chile, tirado sobre la cama de un hotel —buen hotel— oteando el cerro San Cristóbal a lo lejos, sin ganas de nada. Llegué acá con un propósito, se dijo, y el propósito ya se me ha esfumado, ya no me importa ni me despierta esperanza alguna. La esperanza ya no me interesa, se dijo, nada me interesa; y la sola idea le dio escalofríos aunque quizá los escalofríos eran también parte de esa enfermedad maldita y muda que le iba royendo el corazón de a poco. ¿Cuánto le quedaría ahora de corazón? ¿Cuánto ileso? Un pedacito apenas que no alcanzaba ni para amar. ¿Para qué se habría trasladado hasta allí? Ya ni valía la pena ver a nuevos cardiólogos ni a más inmunólogos. El último, esa eminencia chilena, ni pudo darle una palabra de consuelo, ya era demasiado tarde, se excusó. ¿Entonces qué? Entonces nada. Dejarse morir en el hotel de una vez por todas con el aviso de no molestar colgado del picaporte de la puerta y una orden a la telefonista de que no le pasen las llamadas, aun sabiendo que nadie habría de llamarlo. Juan Marq. Con q de queja pero no iba a andar con esas mariconadas. Entonces estiró la mano para no quejarse y tomó el libro que estaba sobre la mesa de luz. Al salir del consultorio había pasado frente a la librería Catalonia y había visto la vidriera tapizada de rojo. Un rojo más allá de la sangre, vibrante, que lo había obligado a detenerse. Cantidades de ejemplares de un libro que se estaba por presentar esa misma tarde. La lectura no era su fuerte pero algo lo había fulminado ahí mismo obligándolo a comprar un ejemplar. Y ahora, en la penumbra de su pieza de hotel, desnudo sobre la cama, acaricia la tapa del libro. El campo rojo es mate y por ende aterciopelado, pero la viñeta central es brillante y al tacto parece de cera. De seda. O más bien de un raso que alguna vez acarició en la espalda de una bella mujer, raso negro en la fiesta, bailando, raso negro sobre el piso del dormitorio de su casa y la piel de la mujer casi del mismo tacto, sedoso y algo frío. Estremecedora. Hoy, sólo el recuerdo. Chagas se llevó el resto. La viñeta en la portada del libro tiene negro y tiene también blanco o mejor marfil casi de piel humana, blanquísima y lo que es más —debe encender la luz del velador para verla bien porque el cuarto está en penumbra— muestra a una mujer rabiosa arrancándole el corazón (lo único rojo de la escena en blanco y negro) a un hombre en posición supina. De eso trata el libro, lo sabe. *Crímenes de mujeres* es el título. ¿Cómo no odió de entrada a todas las mujeres? Tal como las odia ahora debió de haberlas odiado desde el primer día, empezando por su propia madre que lo trajo a este mundo de mierda y por esa maestra de sexto grado que lo alentaba a quedarse escribiendo poesía mientras los demás iban al campo de deportes. Y la mujer del vestido de raso negro, a esa sí que debió de haberla odiado con solo verla pero no, se casó con ella. La muy chota, la chancha, la muy chusma y chúcara y chabacana. Como para no hacerse llamar Marq después del malhadado divorcio. Como para no huir al Impenetrable cuando ella lo dejó por otro. Impenetrable ahora su corazón, de puro carcomido nomás.

Crímenes de mujeres, justo ese libro se tenía que comprar, pero la verdad es que esa mañana a la salida del consultorio se dejó invadir por la marea roja y sin fijarse en la viñeta que ahora acaricia con saña pensó que se trataría de crímenes cometidos *contra* las mujeres. Eso. Y lo compró sin echarle una ojeada, aturdido por el diagnóstico del eminente cardiólogo, el muy hijo de puta que no le había ahorrado pormenores de su irreversible mal tan avanzado. Es decir que. Y ahora el maldito libro como única compañía en la pieza de hotel porque la televisión no le depara consuelo alguno. Y en la contratapa del libro las caras tamaño estampilla de trece mujeres, algunas sonrientes, alguna hasta mona. Y no son las muertas, no. Son las asesinas. Son las escritoras que se han solazado matando a algún o a algunos hombres con su pluma o lo que fuere. Una antología de cuentos, eso dice la solapa, "que trata sobre crímenes cometidos por ellas". Y el vendedor siempre atento con sus clientes ha incluido a manera de señalador una tarjeta que invita a la presentación de ese mismo libro, esa misma mismísima tarde, a las 19:30 dice la tarjeta, en el Parque Forestal donde se celebra una feria de libreros. Y hete aquí que las escritoras estarán presentes, quizá no las trece pero la mayoría de ellas, y con las manos manchadas de sangre o tinta roja detallarán los pormenores de sus crímenes. Es como para vomitar. Es como para ponerse en movimiento. Porque siempre, se lo viene repitiendo desde aquel maldito diagnóstico, siempre hasta último momento hay que tener un proyecto. Un nuevo proyecto, excitante, que le haga olvidar a uno su maldita existencia, su existencia ahora tan acotada y con fecha de vencimiento a un paso. A otra cosa, se dice. Y se dice manos a la obra. Porque se ha encontrado un nuevo proyecto, y llama al conserje para pedir que le manden junto con un club sándwich y una botellita de tinto un plano de la ciudad. Más adelante no pedirá un taxi, de eso está seguro, no es tan idiota como para delatarse, pretende pasar sus últimos meses de vida gozando de su obra. Y además puede que le lleve todos esos pocos meses completar el proyecto. Entonces así será. Irá al Parque Forestal escuchará a estas furias narrar sus métodos homicidas y después seguirá a la primera, buscará en internet o como sea las demás direcciones y una a una las irá ultimando con los mismos desaforados métodos de cada una de ellas. Tendrá que ir al Parque Forestal con cara de nadie, escuchar con cuidado: cada escritora narrará su cuento y hablará de su crimen, él sólo tendrá que repetirlo. *Copy cat* lo llamarían los detectives gringos, como en las novelas negras. Un copión de textos ajenos que él sabrá poner en acto. Bravo por él. La realidad como suele suceder imitará a la ficción. Él como quien no quiere la cosa tomará el metro a tres cuadras del hotel, se apeará en Bellas Artes como corresponde y desde allí se mezclará con el gentío para empezar a componer su propio circo de despedida. Le gusta la idea. Lo alienta. Le devuelve bríos olvidados. Espera que todas las minas vistan de satén, negro en lo posible, suave como el papel ilustración o el glaceado de la carátula.

Él podría sin duda empezar a leer los cuentos e ir adelantando el trabajito, pero así no vale, le importa escucharlos de sus propias bocas, sentir el tintineo de sus voces cuando se regodean con los crímenes. Salir a matar machos, ¡pobres de ellas! Él les hará saber en carne propia qué es eso de inventarse asesinatos. ¿A cuál atacar en primera instancia? Hay una lógica inapelable en este caso, porque él estará al borde la muerte pero no de la boludez. Primero matará a la que no requiera arma o instrumento complejo alguno. Una por lo menos habrá cometido su crimen, así, en un arrebato, quizá con algún objeto contundente o pesado que pueda encontrarse al alcance de la mano. Después él tendrá tiempo de pertrecharse con todo lo necesario, pero en primera instancia la cosa tiene que ser sencilla.

No se ha animado a pedir indicaciones a nadie pero llegó sin problemas al Parque Forestal y de allí los senderos mismos, o mejor dicho la gente que los transita, lo conducen al lugar del hecho. Hay un estrado al aire libre, está dispuesta la mesa y los vasos de agua y las sillas. Trece, cuenta, pero no se hace ilusiones. Quizá haya un moderador, y el mismo editor y también un librero, quizá. Decide no sentarse a esperar, merodea por los stands de libros haciéndose el interesado pero por supuesto no puede fijar la vista. La impaciencia lo carcome, y también el miedo. Pero es más fuerte la excitación de todo esto, porque la impaciencia y el miedo lo hacen sentir vivo. Una vez más, vivo, aunque nunca hasta entonces haya cometido el menor acto de violencia contra los otros. Porque la violencia contra uno mismo tiene otro nombre, otro cariz, otra temperatura. Lo sabe, lo percibe en sus huesos y es como un acercamiento a sí después de años y años de haberse apartado de las propias sensaciones. Sentimientos. Eso. Como si hasta entonces se hubiese mentado en tercera persona. Le cuesta dejar de hacerlo pero lo va a lograr, lo va a lograr, lo sabe. Por el rabillo del ojo ve que empieza a haber movimiento sobre el estrado, van llegando las escritoras, al menos unas mujeres que se reúnen en la tarima y ríen. Ríen, las muy perversas. Él sabe que quien ríe último... Eso. Ya llegó la hora de sentarse al borde de la penúltima fila, listo para salir detrás de la que corresponda en esta primera instancia. Nadie lo mira. Está acostumbrado. No se deja distraer por eso. Está dispuesto a escuchar con toda atención hasta la menor palabra de quienes están a punto de firmar sus propias sentencias. Las muy perversas ¿leerán sus cuentos o simplemente los narrarán, abreviando detalles? Pero no abreviarán los detalles del crimen, de eso está seguro. Eso sin duda las complace más que nada en el mundo. A la primera la matará con los medios de a bordo, como dicta su historia; no le falta dinero para después irse armando como corresponde. Trajo consigo lo suficiente como para pagarse varias visitas al eminente cardiólogo y el muy hijo de mil putas lo despachó a la primera de cambio sin darle esperanza alguna. Podrá hasta comprar armas legalmente presentando su vieja cédula de identidad con el nombre de March, porque a todos los demás efectos él es Marq, una nada fácil marca. No es que tenga tanto afán por huir de la justicia, pero quiere llevar a cabo su obra en la forma más completa posible; trece es un buen número para ir liquidándolas de a una. Lo que venga después no le importa, la condena la tiene ganada de antemano, y es de muerte.

¿De dónde le habrá nacido tanta violencia, tamaña sed de sangre? se pregunta sin ánimo de darse una respuesta, tan sólo relamerse y entender que por fin ha logrado descubrir su verdadero secreto, su más íntima y siniestra aspiración: matar a las mujeres castradoras, las muy comehombres. No deja de causarle una forma de alegría el saber que por fin ha logrado aceptarse. Total no cree en el cielo y por ende no cree en el infierno, el infierno somos nosotros, se complace en recordar, tergiversando. Ya casi casi acaricia la futura nueva pistola, algún cuchillo espléndido. La mujer de la viñeta le arranca al hombre el corazón de propia mano, tal como a él se lo han ido arrancando poco a poco. Le ha llegado el momento de agarrar el toro por los cuernos. Se prohíbe pensar en esos términos, en esas alusiones, ahora que ya están tomando su lugar las criminales y alguien les está poniendo delante carteles con sus respectivos nombres y procedencias y él puede saber así quién es quién y descubrir que hay allí dos compatriotas suyas. ¿Tendrá que volver a su patria tras ellas o podrá ultimarlas antes de que dejen Santiago? Mejor apurarse. Prestar bien atención.

En el Parque Forestal el tiempo pareció detenerse y él se fue distrayendo de su sano propósito, perdiéndose en cavilaciones. La culpa quizá la tuvo la primera escritora que habló, una mujer mayor. Después él habría de asociar concientemente aquel suave rostro nimbado de blanco con su maestra de sexto, culpa de esas trampas fatales de la memoria. La verdad es que la cosa empezó mal, y esa mujer mayor, la antóloga, habló del cuento como género en sí y apenas mencionó los crímenes. Mucho más tarde, de regreso en su pieza de hotel, él habría de encontrar casi las mismas palabras en el prólogo del libro rojo: "siempre nos ha fascinado la estructura y a la vez la libertad del cuento. Nos parecía que en su concisión, las dudas y las pasiones estallan con mayor intensidad". ¡Con mayor intensidad! Esas mismas chingaderas dijo la culpable allá en el parque, más o menos, y así encendió la mecha que habría de conducirlo a él a su propia perdición. La seño de sexto, ¡puta madre! que lo hacía escribir poemas, ¿por qué no cuentos? En el parque las demás escritoras parecieron perderse por el camino de la veterana, perdiéndolo a él por otras latitudes de su mente porque ellas no trazaron el mapa de los crímenes sino el de la escritura, esa miseria. Y él con el dinero que habría de alcanzarle para la Beretta o la Luger o lo que fuere, un arma de última generación, se compró otra arma llamada laptop y aquí está a los tiros tecleando con furia este mismo cuento, incapaz aún de mentarse en primera persona pero ya puestísimo a darle su merecido a cada una de las escritoras criminales, seguro de que el suyo será el crimen, es decir el cuento, más perfecto de todos.

Para Virginia Vidal

La otra Alicia

Queridas María Teresa y Bea,

Quiero pedirles un millón de disculpas, mil y mil disculpas por un par de imperdonables errores que cometí. Involuntarios, claro. Un desastre. Alicia D O está de paso por Buenos Aires, con gran felicidad la invité a casa este mediodía para que me contara lo que no pudo decirme la última vez, pero cuando abrí la puerta la encontré igualita a mi viejo recuerdo de ella, canas más canas menos. Nada que ver con... y por eso aun antes de abrazarla atiné a exclamar ¡Viena!, así, llena de sorpresa, yo. Y ella también se sintió sorprendida porque no entendió nada. ¿Viena? me preguntó ¿qué querés decir con eso?

Y de golpe me cayó el veinte como dicen los mexicanos, it dawned on me, me desayuné para decirlo en argentino y en un fugaz instante tipo satori me pareció entender todo. Alicia después hubo de explicármelo más claramente.

Pero rebobinemos.

Como recordarán, cuando llegué a Viena estaba agotadísima después del feroz trote en la feria del libro de Frankfurt y la conferencia en Berlín y el madrugón previo y los dos whiskies que me tomé en el avión para ver si recobraba fuerzas aunque todo lo contrario. Lo que más deseaba era llegar a una cama a desplomarme. Era tarde en la noche, ya, pero Walther que me había ido a buscar al aeropuerto —cosa que me emocionó— con toda gentileza me dijo que ustedes me estaban esperando después de la presentación de la antología de Gwen para tomar un vino, y que debía ir, y no pude negarme. En el camino Walther me fue amablemente poniendo al tanto de la rica jornada, la sorprendente afluencia de público, lo interesante de las intervenciones. Me tuve que ir antes de que hablara tu amiga Alicia D, me dijo y agregó: No sé si pudo leer, pobre, porque se siente mal, engripada, muy afónica...

Hacia el final de la frase noté algo extraño en su voz. Me alegra que esté Alicia, le contesté. Qué ganas de verla. Hace como cuatro años que no la veo. Yo la alenté por mail a que viniera, para que se conozcan. Parece que ella me visitó en la clínica a principios de año cuando estuve tan grave, pero tengo apenas un vago recuerdo. Cuando salí de mi inconsciencia Alicia ya se había vuelto a Francia con planes de pasar el verano en Granada según me contaron. Me decís que está medio mal, ahora, pobre. Siempre fue tan fuerte...

Walther se quedó en silencio y me preocupó. Él, siempre tan caballero, parecía que algo lo incomodaba. Me asombró cuando al cabo de un rato dijo como al pasar que Alicia era tan distinta de las otras argentinas que conocía. Bueno, le dije yo, el padre era ruso. Ah, Pushkin, dijo Walther como si entendiera algo y yo no entendí nada y no recordé en ese momento que el bisabuelo de Pushkin había sido un príncipe abisinio, un esclavo que el zar había liberado para nombrarlo general de su ejército y casarlo con una noble rusa...

La verdad que no podía pensar en nada. Estaba agotadísima. Y Walther después mencionó un artículo de Alicia publicado en La Nación sobre los afroargentinos, lo habían encontrado al googlearla, y bueno, qué sé yo, su tío era un experto en jazz. Al rato llegamos al bello salón del primer piso donde ustedes estaban en pleno jolgorio, festejando el cierre del encuentro sobre Mujer y Poder en la literatura Argentina, la estupenda antología de Gwen. Me mareaba tanta gente, y después de efusivos abrazos creo que fue Bea quien me preguntó ¿No la saludás a Alicia, que está allá al fondo? Yo no la había reconocido. Bea me la señaló, y la vi de lejos y la encontré muy cambiada. Quizá por obra del sol de Granada, pensé, y un nuevo look porque Alicia es capaz de sorprendernos siempre. Me fui acercando a ella entre tanta gente y me pareció que me rehuía. Me preocupé pensando que quizá la había echado de mi pieza en la clínica, diciéndole No se admiten visitas, como según me contaron en mi semi-consciencia le dije a otras amigas. Y ella estaría muy ofendida, claro, por eso nunca me contestó el mail que le mandé alentándola para que aceptara la invitación contándole todas las maravillas de Viena y sobre todo de ustedes, chicas, tan hospitalarias y generosas y brillantes, y las ganas que tenía Gwendolyn de conocerla personalmente después de tanta entrevista por internet y tanto correo intercambiado. Esas cosas. Le rogué que se quedara unos días más, así nos encontrábamos en serio después de tanto tiempo.

Creo que vos, María Teresa, me dijiste que Alicia no había podido hablar en la presentación a causa de su gripe, y entonces pensé que me eludía para evitarme un contagio, quizá supuso que yo seguiría delicada y no era aconsejable arriesgarme a un nuevo virus. Y me contaste lo contenta que había estado Alicia hasta esta tarde cuando se empezó a sentir mal, y lo mucho que la habían llevado a pasear esos días anteriores y los lindos lugares donde la habían llevado a comer, y lo raro que era que se hubiese olvidado tanto el castellano pero claro, después de más de veinte años en París... Pero siempre era un placer hablar en francés, aunque ella conservara un extraño acento. Y lástima que no pudo leer su bello cuento hoy, eso sí que le saldría perfecto en castellano, su cuento en la antología.

A mí la gente me tironeaba de un lado y del otro, todos querían saludarme, viejos conocidos de mi anterior e inolvidable paso por Viena. Me desentendí de Alicia sabiendo que al día siguiente iríamos a cenar a casa de Bea donde ella estaba alojada, "como una princesa", me aclararon.

Y al otro día fuimos a cenar a lo de Bea. Y Alicia ya no estaba. Se había ido esa misma mañana de madrugada, sin avisar a nadie, y pensé que se habría enamorado de alguien la noche anterior y quizá había recuperado la impulsividad de su juventud. Me alegré por ella. Y no me preocupé cuando Bea nos ofreció un trago y yo pedí snaps y ella dijo que tenía varias botellas de distintos sabores pero no encontró ninguna, como tampoco pudo encontrar sus copas de cristal o el antiguo poncho de vicuña de su Bolivia natal que con todo cariño me ofreció para cubrirme porque estaba yo un poco destemplada, después de tanto viaje y traqueteo. Me sorprendió que una mujer tan meticulosa como Bea fuera desordenada como yo y no encontrara nada. Pero esas cosas pasan cuando una está organizando grandes eventos como había sido la presentación de la antología de Gwen y demás. Y todo me iba pareciendo entre natural y loco, pero ¿qué hay de raro con eso cuando de escritoras se trata?

Nada raro, hasta hoy. Cuando la tuve ante mis ojos una vez más, y era la misma Alicia de antes, no se había hecho la croquignolle ni su piel estaba tan pero tan bronceada que parecía una negra del África. No. No. Era la Alicia de siempre, con unos añitos más pero ni se notaban. Y nunca había recibido mi mail ni ningún otro invitándola a Viena porque, según me explicó —Vos seguramente tenés mi vieja dirección y se la pasaste a las otras, la dirección de mail que me robaron, ¿te acordás? Te lo conté todo cuando estabas internada, ¿te acordás?—. Flashes de palabras volvieron a mi memoria, conceptos abstrusos tales como "piratas cibernéticos", y "hackers" y "robo de identidad". Cosas de la maldita web y de cierto descuido de Alicia que declaró su clave, asociado a un descuido mío que, no recordando nada de lo que ella me había contado meses atrás en la clínica, le serví en bandeja una tentadora invitación a los piratas del ciberespacio allá en el Africa. Y así la Alicia D O de aquella noche del 12 de octubre 2010 en la Österreichische Gesellschaft für Literatur (lo que quiera decir esto) y días anteriores, fue una Alicia falsa, y yo soy la culpable. Le mandé todos los datos a la dirección que habían hackeado, y hasta el afiche gracias al cual la otra "Alicia" pudo reconocer el libro con el que una de ustedes fue a recibirla al aeropuerto. Y yo al llegar, la única allí que la conocía personalmente, me dejé engañar a causa quizá del bruto cansancio, o por el espejismo de un convencimiento ajeno. Y cuando alguien me comentó lo distinta que se la veía a sus fotos ni me inmuté porque creo en la magia de la verdadera Alicia. Vuelvo a pedirles disculpas a todas. Algún día trataré de reponerle a Bea las botellas de snaps y quizá hasta sus copas de cristal. El antiguo poncho de vicuña, imposible. Y me temo que tantas otras cosas que han de faltarle y que ni mencionará porque es una verdadera dama. Claro que nunca podré reponerles los paseos y banquetes que sin duda supieron brindarle a la otra Alicia, pero quizá ustedes también pasaron un buen momento con ella y podrán ahora sentir que de alguna forma atravesaron el espejo.

Con enormes abrazos compungidos,

Lu

Para Alicia Dujovne Ortiz

El dedo en la llaga

Tiempo atrás me encontré en un verdadero aprieto. Para la Feria del Libro de Guadalajara me invitaron a participar en una mesa redonda centrada en *Los placeres de la lengua*. El título de la mesa en esa oportunidad era "El dedo en la llaga". ¿Sobre qué se espera que hable? pregunté vía Internet. La respuesta se demoró más de la cuenta.

Entendía la metáfora, por supuesto, cualquiera la entiende, pero es sabido que la literatura está hecha para *armar* metáforas, no para desarticularlas.

Recordé entonces otra mesa redonda un par de años atrás en esa misma feria bajo ese mismo rubro. Su tema era "El sexo en la lengua". En aquella oportunidad entendí bien la propuesta. Sexo explícito, más claro echémosle agua, y de hecho se la echamos, todo tipo de aguas porque durante el panel exprimimos el lenguaje al máximo y lo disfrutamos saboreando los más variados jugos y las más jugosas metáforas y equívocos que se producen entre hispanohablantes de distintas regiones del planeta.

Pero, ¿el dedo en la llaga? ¿Qué se esperaba de mí?

Lo de dedo lo tenía claro gracias a Borges, el gran referente, porque cierta vez después de una conferencia en la cual hube de sufrir el honor de ser su interlocutora, el maestro me dijo:

—Usted mencionó el falo...

—Sí, Borges, pero hablando de los cuchillos, como metáfora.

—Conozco una metáfora mejor —me contestó—. El dedo de Dios.

—¿No le parece un tanto pretenciosa? —me asombré.

—Y sí —reconoció Borges muy a su pesar—; creo que es de Víctor Hugo.

Por lo tanto lo del dedo me cerraba, pero lo de la llaga... Mejor dicho, era de esperar que la llaga cierre, claro está, y cicatrice, pero lo otro, no. Lo otro, es decir la posible metáfora peyorativa en la cual quizá usted también esté pensando, no es una llaga sino todo lo contrario, y una espera que no se cierre más, sólo que apriete sin por eso ponernos en aprieto alguno

Aunque quizá, pensé volviendo al tema de la mesa anterior, quizá *llaga* en México signifique otra cosa. Nos vienen tan mezclados los vocablos en esta América Latina nuestra. Si las palabras que en mexicano significan gorra, o dulce de leche, o caracol, son para nosotros términos groseros para designar el órgano genital femenino, vaya una a saber si "llaga" no es una forma fina de mentarlo, aunque desde el punto de vista más estricto nos resulte insultante.

Georges Bataille dijo alguna vez que "el lenguaje es una piel, y yo froto mi lenguaje contra el otro". En cuyo caso se impuso que yo frotara el mío, mis vocablos, por la zona del mundo hispánico que habito, es decir bien al sur. Y para hacerlo me puse el traje de exploradora de la palabra, que me sienta bien, y salí en busca de una explicación. Pero antes de salir y como primer paso decidí entrar, dado que hay algo implícito al respecto en esta temática. Y entré en Google y apareció un blog titulado precisamente *El dedo en la llaga* que publicita a una tal Cristina "Maestra de Educación Especial, Psicomotricista, Logópeda, Kinesióloga, Reflexóloga Holo-terapeuta, Quiromasajista, Cuenta-Cuentos, Libertaria y un montón de cosas más, pero desde que tuvo a sus hijos se autoproclamó Cuidadora del Alma Infantil que todos llevamos dentro" (sic).

No me pareció un punto de partida demasiado lúcido, por lo cual decidí tomar el toro por los cuernos (tema que propongo para la mesa redonda del próximo año) y salir en busca de explicaciones médicas. Es decir, salir no en calidad de escritora sino de paciente o al menos de paisana, a pedirles con toda humildad consejo a los especialistas. Y me dirigí al centro médico al que suelo acudir para cualquier emergencia, el mismo que se jacta de tener consultorios de todas las especialidades.

Por lógica en primera instancia fui al sector Ginecología. Por esas cosas del destino quien estaba de guardia era una doctora. Es cierto que una suele elegirlas mujer para los exámenes, pero para la pregunta pertinente habría preferido la opinión menos comprometida de un hombre. A la pregunta sobre la llaga, la ginecóloga me respondió que si tengo algún problema mejor me acueste en la camilla y ponga los pies en los estribos. Pero yo los estribos sólo los uso para cabalgar, y además no suelo perderlos, por lo cual le dije Muchas gracias, mi problema es semántico no somático, y me dirigí a ver a mi médico de cabecera que como el vocablo indica (médico, no cabecera que es sólo el calificativo) es hombre. Un hombre reposado, maduro, (como si una fuera joven, pero para las cosas de la lengua se los prefiere pichones). Me informaron que el doctor llegaría recién al cabo de dos horas.

Esa tarde la tenía consagrada a la investigación, por lo que no me desalenté y me dirigí al consultorio del infectólogo, que me pareció el más indicado. Cuarto piso, me dijeron, y ya que no era paciente sino escritora que necesitaba algo de ejercicio de tanto estar poniendo dedos en las llagas del teclado de la computadora decidí usar las escaleras. Subí lo más rápido que pude y sin prestar atención a los detalles. Pero la recepcionista de Infectología me detuvo en seco diciendo Si no tiene turno va a necesitar paciencia, hay muchos antes que usted.

Igual decidí anotarme y esperé y esperé pero la paciencia no es mi fuerte, quizá sea mi llaga. Bajé entonces a ver al neurólogo, que tiene consultorio en el tercero. El neurólogo, que me había atendido tiempo atrás por causa de un terrible virus, se alarmó cuando supo que yo estaba allí y me hizo pasar al ratito. Para sacar el tema y no defraudarlo del todo intenté hablarle de la llaga y la conciencia, porque de alguna extraña forma se me mezclaban los tantos. El doctor se puso a observar mis estudios previos.

—Su cableado cerebral está perfecto —dijo—; ahora bien, lo que usted piensa no es responsabilidad mía.

Tras lo cual se le exacerbó la conciencia profesional y poniéndome metafóricamente un dedo encima, no sin cierto paternalismo me indicó la salida.

Concentrada en mis pensamientos dedo-llaguísticos volví a trepar los escalones hacia el cuarto piso, sonriendo porque mi investigación iba cobrando cuerpo. Pero cuerpo, lo que se dice cuerpo, fue el que se cruzó conmigo a mitad de camino.

¿Qué hacía por allí ese macho alfa, todo un llamado? De golpe lo sentí, al llamado, y al alzar la vista mis ojos tropezaron con una mirada azul sin fondo. Y creí hundirme y me atravesó un relámpago de algo muy parecido al gozo y la mirada quedó atrás pero no el fluir de eso imposible de ser puesto en palabras.

¿Imposible? Como una llaga en el lenguaje... Pero soy escritora y siempre he sostenido que de eso se trata, la literatura, de decir lo indecible, de tocar con la punta de la palabra el borde de lo inefable. Como el dedo y la llaga. Tocar. Y fue, no me cupo la menor duda, un inefable compartido; fogonazos así se me han dado pocas veces en la vida pero siempre —me consta—fueron fogonazos compartidos.

Corrí entonces escaleras abajo y sin aliento le dije a la recepcionista del tercero que el que pasó era precisamente el neurólogo que yo debía consultar. ¿El doctor Fulano? dijo la recepcionista displicente; es traumatólogo, atiende en el segundo.

A no distraerme, mi meta principal es el infectólogo, ¿de qué llagas podría hablar con un arreglahuesos? Pero como debía hacer tiempo bajé al segundo piso y me senté en la sala de espera, un no-lugar como cualquier otro, y al rato él salió de su consultorio y al pasar frente a mí me dijo Vuelvo en quince minutos, asumiendo que lo estaba esperando. Me dio tiempo para regresar al piso de Infectología, pero una vez allí seguían llegando pacientes y empecé a temerle al contagio. Una cosa es la seria investigación y otra muy distinta la infección. Así que pedí a la recepcionista que por favor me guardara el turno y salí en busca de otro aire. En el rellano del tercero pasé frente a un cartel que rezaba Odontología. Lo pensé un momento pero lo descarté, está bien que lo de llaga sea una metáfora vil, de ser una metáfora, pero no hay que exagerar: dientes sabemos que no tiene, no, no tiene dientes por más que algunos insistan. En cambio y dado que las investigaciones hay que llevarlas a fondo, me apersoné en el sector Oftalmología. La llaga en el ojo ajeno, pensé, o más bien Todo depende del cristal con que se la mire. Enfocaré la llaga desde otro ángulo, me propuse, pero caí en el consultorio de un retinólogo que me mandó a hacer una tomografía de retina. Menos mal que todo me lo paga el seguro. El técnico era un joven agradable quien después de grabar mi examen en un CD empezó a revisarlo en la computadora. Las imágenes de la intimidad de mi retina eran bellas, coloridas, abstrusas. Iban pasando unas colinas de napas turquesa y naranja y azul añil con una banda parda en la cima, cuando de golpe apareció la depresión oscura. Me asusté. No se preocupe, es la mácula, me quiso tranquilizar el técnico; la mácula es parte constitutiva de la retina, malo sería no tenerla, agregó.

¿Y la llaga? pensé, pero no me pareció oportuno traerla a colación. ¿Será la llaga parte constitutiva del cuerpo femenino? En cambio me sentí liberada y le dije:

—Qué bueno, así nadie espera de las mujeres que seamos inmaculadas.

Muy sano su ojo derecho, siguió el técnico sin prestarme atención; ahora veamos el izquierdo. Tengo una molestia, quise explicarle pero él ya lo sabía. Sí, dijo como al descuido, acá se nota: esta superficie opaca, ¿ve? pero yo atravieso lo opaco y observo el otro lado.

Excelente lección, entendí al dejar el laboratorio. Atravesar lo opaco y animarse a mirar el otro lado.

Como si me hubiese dado el ukase para volver a ver al traumatólogo.

La mácula y la llaga, una y la misma cosa, necesarias. Cierto es que el hueso es duro, la llaga blanda, ¿entonces qué le digo al traumatólogo de los ojos azules y el cuerpazo, qué excusa encuentro?

Para reflexionar sobre el tema opté por el ascensor, las escaleras ya me habían brindado todo lo que podían brindarme. Y en el ascensor me encontré con mi médico clínico, mi favorito, y allí no tuve que jugar a la paciente. Quiero hacerle una consulta literaria, le dije, y a él se le encendió una sonrisa de alivio y yo empecé con lo de la llaga, pero me detuvo en seco:

-Llaga no es un término científico, la medicina habla de aftas, de úlceras, ampollas, hasta de chancros, nunca de llagas.

Y salió del ascensor como si nada, dejándome en ascuas. La palabra "llaga" no existe, al menos en el terreno de su mayor incumbencia. Entonces, ¿para qué proyectarla en metáforas insultantes? Me quedaban cinco minutos antes de que la mirada azul retornara a su despacho. Tengo que saber más, reencontrar la palabra perdida, pensé. Y como estaba en el piso del sector Psicopatología, sin patologizar el caso decidí recurrir al psicoanalista. Quien por suerte pudo recibirme al instante. Sólo dos minutos, entre una sesión y otra, me aclaró. Le planteé la cuestión. Él me contestó sin asomo de duda:

—La llaga es lo real abierto, sólo eso. Lo simbólico es la cicatriz.

No lo dejé embarcarse en crípticas aclaraciones lacanianas. Escapé al grito —mudo— de ¡Soy lo real abierto! Y sin respiro aterricé en el consultorio de él. El traumatólogo de los ojos de agua. Se ve que ese día había habido pocos contusos porque me recibió de inmediato. Para no asustarlo, de entrada le tendí la muñeca izquierda que meses atrás me había quebrado. Él la tomó con toda delicadeza, la palpó y me dijo Ya está consolidada. Y si bien supe que me hablaba de la fractura, preferí entenderlo desde otro lugar.

—Me alegro —le contesté coqueta. Y le ofrecí mi palma derecha porque: "Ve, tengo un nudito acá en el medio".

Pasó su dedo varias veces casi con ternura y la auscultación empezó a adquirir el cariz de la caricia. El nudo no es nada, pero qué bonito se cruza su línea de corazón con la del cerebro, observó. Se lo digo porque percibo que usted es poeta, creo haber visto su foto en algún suplemento dominical.

Sonreí con misterio para no desalentarlo. Una vil prosista, soy, y para colmo abocada a una investigación extemporánea.

Sos poeta, insistió él, tuteándome, mientras yo dejaba mi sonrisa tintineando en el aire.

—¿Y vos? —le pregunté al rato.

—Yo también escribo mis cositas. Cosas de la sensibilidad, viste —agregó reteniendo siempre mi mano entre sus manos.

—¡Qué maravilla! —exclamé con entusiasmo—. Y pensar que dicen que los traumatólogos son los carpinteros de la medicina, así como los urólogos son los plomeros...

Él soltó mi mano de inmediato. Mi padre es urólogo, me informó, cortante, y con eso clausuró la puerta azul de su mirada.

Y aquí concluye mi incursión al significante que conllevó sus buenos fracasos y un enorme éxito. De la llaga sólo logré saber que se trata de lo real abierto, que no existe. Cuándo no, sobre todo si se piensa en términos de género no precisamente narrativo. Pero me fue confirmado que al falo se lo puede apropiar cualquiera. El dedo lo tuve yo, en su momento, y me hizo sentir poderosa y feliz; la macana fue meterlo donde no debía.

Para Gonzalo Celorio

Rosa, rosae

Le quedaban los maravillosos recuerdos de su boda y del viaje y de las pocas noches subsiguientes, hasta le quedaban decenas de fotos brillantes con las luces de los festejos y la felicidad de ambos, le quedaban tantas cosas, sólo faltaba él. No sería por mucho tiempo, apenas veinte días, pero qué largos se le iban a hacer a ella y qué sola empezaba ya a sentirse en el dulce pueblito que le era tan ajeno. Se habían conocido en la Bolivia natal de ella cuando él estaba allí en misión diplomática y había sido un deslumbramiento mutuo, un relámpago de amor a primera vista; pero eran sensatos, ambos, y pasaron casi dos años de encendidas cartas y llamadas telefónicas y visitas de él que culminaron en esa boda espléndida y después el viaje. A ella le pareció natural trasladarse de un país sin salida al mar a otro semejante, dejar Bolivia para radicarse en Austria donde se dedicaría, entre otras cosas, a estudiar alemán para poder comunicarse con el mundo externo. Con él la comunicación era perfecta de por sí, bastante en castellano, mucho en inglés y muchísimo más en los abrazos. Era todo lo que pedía, ella, todo lo que soñaba hasta este momento. De una montaña a otra, pensó, no voy a echar de menos mi patria. Y se deslumbró cuando llegaron a un paisaje tan diferente, tan verde, apenas dorándose y sonrojándose con los primeros fríos del otoño, y era preciosa la casita blanca en lo alto de su jardín empinado, con vista al pequeño pueblo que parecía de juguete, de cuento de hadas, especial para Heidi. Un paraíso perfecto que un llamado de la Cancillería austríaca trastornó al menos por un tiempo. Él debía dirigirse ya, de inmediato, al corazón del África donde una guerra tribal amenazaba con alcanzar proporciones catastróficas. Y él era el más indicado para oficiar de mediador: conocía la región, sabía entenderse más bien que mal con los nativos, y estaba disponible. La excusa de la luna de miel no le sirvió de nada. Las guerras tribales no respetan esas pamplinas y menos las respetan las cancillerías de los países desarrollados que ven peligrar su economía por dichas guerras. Así que de un día para el otro él hubo de abandonar el lecho conyugal con la promesa de regresar pronto y por favor, espérame aquí y mantén las sábanas calentitas.

Ella lo intentó, esa primera noche a solas, pero las sábanas se le enfriaron y se le encogió el corazón, no por falta de amor por él, claro está, pero ni decírselo podía porque él había partido al otro corazón, el de la jungla, y estaría incomunicado hasta su regreso. Y así despertó ella, sola en esa casa desconocida, en un pueblo desconocido y remoto donde no podía ni hablar con sus habitantes por falta de idioma, donde no tenía amiga alguna, donde era la forastera.

Al prepararse el desayuno empezó a consolarse barajando posibilidades de huida o mejor dicho de partida en busca de refugio. Optó por la más sensata: tomar el tren a Viena donde estaba la familia de él que a pesar de conocerla poco se había mostrado amistosa, comunicarle su decisión a la Cancillería porque sería probable que en algún momento lograran ponerse en contacto con él, y esperar tranquila su regreso. Era la mejor idea y la estaba saboreando, pensando a quién de todos sus nuevos parientes llamaría primero, quizá a su cuñada —tendría que ir al pueblo a conseguir el número—, cuando sonó el timbre de calle y se sobresaltó. No era un timbre propiamente dicho, eran como dulces campanitas, pero ella entendió que alguien llamaba a la puerta y fue a abrir. Y se encontró frente a un muchachito que sin decir palabra le tendió una rosa roja con una esquela y escapó corriendo pendiente abajo.

"Hoy, como todos los días que nos aguardan en adelante, estás en mi corazón y yo espero estar en el tuyo con una rosa diaria, preciosa como tú" decía la esquela, y entendió allí mismo que así era y no pensó más en partir en pos de refugio, tan sólo quedarse en casa preparando el regreso de su amado, tratando de buscar en las dos graciosas tienditas del pueblo los objetos más bellos para decorar el chalet alquilado, encendiendo el fuego de la chimenea, leyendo los libros que había traído con ella, leyéndolos despacito para saborearlos mientras preparaba delicias que pondría a congelar para el momento del retorno de él y la consiguiente celebración.

Y así pasaron cuatro días, cuatro rosas rojas, cuatro esquelas. Días sosegados, calmos. Temprano por la mañana al quinto día ella recibió un mensaje electrónico de Isabel, su amiga de la infancia que vivía en Londres desde hacía años. Isabel estaba por llegar a Viena. Vente, vente a mi pueblito tan bello, le contestó ella, pasearemos por los bosques, estoy sola por estos días, vente.

Pero Isabel iba a Viena para asistir a un congreso internacional, tendría todas las mañanas ocupadas pero las tardes libres. Vente tú, le escribió, estoy en un hotel espléndido cerca de Sant Stephan, pasearemos todas las tardes hasta que llegue tu marido. Ella pensó que no era mala idea, y además inofensiva. Retornaría unos días antes que el amado para tenerle todo listo a su llegada, y él se alegraría de que ella no hubiese pasado noches de miedo y soledad durante su ausencia. Le gustaban las mujeres independientes, él ya se lo había dicho y ella se lo había agradecido.

Entonces preparó una pequeña valija con lo más necesario, consultó el horario de tren y a la mañana siguiente lo esperó al chico de la rosa. Y le explicó despacio, en un inglés sencillo para no confundirlo, que ella iba a Viena por unos días y que hasta nuevo aviso por favor le guardara las rosas en la florería, en agua, que ella las iría a buscar a su regreso. Y las esquelas. Que le guarde sobre todo las esquelas, aunque siempre parecían repetir la misma idea. Y el chico asintió con la cabeza, masculló *Yes* como si comprendiera y una vez más se alejó corriendo cuesta abajo y desapareció tras la graciosa tranquerita blanca del jardín.

Esa misma tarde ella viajó a Viena a encontrarse con su amiga Isabel y los días para ella trascurrieron plácidos visitando con fervor la deslumbrante ciudad que habría de albergarla en el futuro.

Para él en cambio, en medio de la jungla, los días no fueron nada plácidos. En absoluto. Les resultaba imposible mediar en medio del furor bélico que arreciaba. Arreciaban también las pestes y casi no quedaba agua potable y ante la imposibilidad de comunicarse con el mundo que llaman civilizado el pequeño comité internacional decidió abortar la negociación. Y por suerte consiguieron un transporte descalabrado que tras horas de tumbos los depositó en el pequeño aeropuerto de la capital, donde tras larga espera lograron un vuelo a Dakar y allí él hubo de esperar otras varias horas más casi sin poder sentarse por esa multitud en el aeropuerto atestado, y cuando por fin llegó a Viena ni fuerzas le quedaban para dirigirse a una cabina telefónica. Era ya tarde de noche, decidió que le daría una sorpresa a su mujercita, y la tomaría por fin entre sus brazos después de haberla añorado tanto. Así que convino precio con un taxista —una fortuna, casi— y se hizo llevar directamente al bello pueblo en la montaña. Llegó exhausto a la dulce tranquera blanca y tuvo que arrastrar su bolso cuesta arriba pero qué otro remedio. El premio lo esperaría en la cima, en la cama.

Mas no. Al llegar a la puerta de la casa el terror lo invadió. Allí, sobre el mismísimo umbral, un montón de rosas algunas ya marchitas estaban como ante una tumba, y los sobres con sus esquelas se veían empapados por la lluvia o el rocío. La parálisis lo congeló un momento pero el mismo terror le devolvió las fuerzas y de un bruto empujón abrió la puerta haciendo saltar la cerradura y entró a la casa a los gritos, llamándola. Y ella no contestaba, y no la encontró en el piso bajo, ni en el alto, y cuando por fin atinó a entrar al dormitorio tampoco estaba ella allí, y la cama perfectamente hecha. Pensó de todo, hasta pensó que había sido abandonado, pero eran más de las tres de la mañana, a nadie podía llamar a esas horas y el agotamiento y la desesperación lo derrumbaron sobre la cama y por miedo a pesadillas de espanto se tragó sin agua un par de las píldoras que el médico le había dado para no sufrir las angustias de la mediación.

Esa misma mañana, tempranito, ella tomó el tren desde Viena. Le urgía volver a su nido de amor para prepararlo con las mejores plumas. Él habría de volver a la semana siguiente y ella ya necesitaba de la soledad y de sus fotos para estar con él en el corazón como pedían las esquelas. Más tarde iría a recuperar las rosas y los mensajes y las palabras de cariño que le hacían tanta falta. Pero al llegar a su casa se encontró con el terrible espectáculo: sobre el umbral había un montón de rosas marchitas, muchas pisoteadas, desparramadas, y la puerta de calle estaba abierta de cuajo. Lo primero que pensó fue en ladrones, pero estamos en Austria, se dijo, y esa noción la intranquilizó aún más. Pero también le dio coraje para entrar a investigar, total si eran ladrones serían ladrones racionales que robaban de noche y haría largo rato que habrían partido con su botín a cuestas.

Nada faltaba en la planta baja, y con cautela subió al piso alto y entró en el dormitorio a oscuras y vio un bulto sobre la cama y ese bulto era él, sobre la cama, sobre la cama su amado como muerto, y el horror la atravesó de la cabeza a los pies y allí mismo perdió el conocimiento, cayendo sobre él como sobre su propia lápida.

Y al rato nomás llegó la hora señalada para el chico de la rosa, quien subió la cuesta con una sonrisa que se le borró al encontrarse con el inusitado espectáculo: las rosas que había ido depositando día a día sobre el umbral estaban pisoteadas, desparramadas, y la puerta de entrada a la casa se encontraba abierta, como arrancada de sus goznes. Tenía un alma inquisitiva, este chico, así que fue penetrando en la casa, sigiloso, fue husmeando los rincones, sigiloso, escaleras arriba, sigiloso, y por fin en el dormitorio dio con los dos cuerpos inertes sobre la cama. Y entendió todo, porque era un chico avispado a pesar de no saber inglés y pretender saberlo para no perderse la propina diaria del transporte tan simple de la rosa. Y salió corriendo a los gritos y fue primero a la florería para contar sin aliento sobre el pacto suicida, como en Romeo y Julieta, dijo, como en la tele; muertos, dijo. Y la florista prefirió ser cautelosa y llamó a la policía, y después a una ambulancia por si acaso, y se reunieron varios curiosos y por fin casi en caravana se dirigieron todos al blanco chalet de la colina para ver si podían ser de alguna ayuda o al menos para saciar su curiosidad y sus ansias de romance, en ese pueblo donde nunca pasaba nada.

Un pacto suicida, algo nunca imaginado, allí mismo.

Pero cuando por fin llegaron se dieron de bruces con un espectáculo del todo distinto. Un espectáculo de vida, no de muerte, ardiente y acuciante. Se retiraron de inmediato y cabizbajos y sin dirigirse palabra alguna casi corriendo descendieron la cuesta y retornaron a sus respectivos quehaceres rojos de vergüenza. Y no se habló más del asunto, o casi.

Nueve meses después nació en Viena la bella niña a la que sus padres bautizaron, en castellano, Rosa Imprudente. Los vecinos del pueblo de montaña no entendieron el nombre, por eso cuando la niña va a visitarlos la abrazan y la llaman Rose, arrastrando la *erre*, suavizando la *ese*, pronunciando la *e*. Con toda ternura la abrazan, como a una ahijada.

Para Bea Bauer

La carta de amor

La investigadora va todos los atardeceres, a eso de las siete, a retomar su trabajo en el locutorio frente al parque. Se sienta en una silla que está siempre caliente porque la acaba de abandonar una mujer algo mayor, delgada, de pelo entrecano, que también elige esa precisa computadora quizá porque es la más veloz en el pequeño locutorio de barrio.

Más de una vez la investigadora se ha sorprendido porque en la pantalla queda siempre la última página consultada en la red, y siempre el tema son las mariposas. Así durante meses. Hasta que un día la investigadora llega y encuentra a la mujer entrecana, algo mayor, caída frente a la pantalla con la cabeza sobre el teclado. Se desespera y da la voz de alarma, pero en el locutorio nadie parece inmutarse, simplemente llaman una ambulancia. Casi de inmediato llegan dos paramédicos o enfermeros vestidos de blanco, comprueban que la mujer ya no respira y sin hacer preguntas la meten tal como está en una gran bolsa negra de plástico y se la llevan, supuestamente a la morgue. En el locutorio, clientes y encargados siguen con sus asuntos como si nada hubiese ocurrido. La investigadora queda atónita. La última página abierta por la muerta parecería ser su correo personal porque hay una brevísima carta de amor en la bandeja de entrada. Algo sorprendente, dado que nunca antes la ahora difunta parecía haber recibido mensaje alguno y nunca había dejado indicios de su intimidad. La carta no tiene firma, la investigadora intenta explorar el resto del correo para averiguar claves de la víctima pero está vacío. Sale aturdida del locutorio, el dependiente no la detiene ni para cobrarle. Nadie parece estar atento a lo que ocurre a su alrededor.

La investigadora empieza a perder noción de la realidad, es el crepúsculo, cruza una calle y otra y otra y se interna en el parque. Se larga a vagar sin poder explicarse qué pasó con la pobre mujer, ni con sus propios sentimientos y sensaciones. Camina sin rumbo por el vasto parque ya casi oscuro, no piensa en el peligro, agotada y sin dirección se sienta en un banco junto a un hombre muy viejo que parece estar dormido.

Pero no, el viejo abre los ojos para preguntarle:

—¿Cuánto cobra la hora?

La investigadora está a punto de levantarse, ofendida, o de devolverle el insulto, cuando el viejo completa su frase: el locutorio. Cuánto cobra la hora el locutorio, quiere saber.

Están a muchas muchas cuadras de distancia, no entiende cómo el viejo pudo haberse dado cuenta de dónde venía ella. Y qué le puede importar ese detalle a un vagabundo sin techo como él que nunca debe de haber visto una computadora de cerca.

Igual le contesta:

—Tres pesos la hora, como todos ¿Por qué me lo pregunta?

—Porque ése no es un locutorio como todos, debería de ser gratis, o carísimo, según como se lo mire —le contesta el viejo volviéndose a sumir en una especie de sopor muy cercano a la muerte.

—¡No se muera, no se muera! —lo sacude la investigadora porque ya ha tenido demasiada muerte en este día.

—Imposible morir tan lejos, ojalá pudiera —musita el vagabundo.

Ella no atina a permanecer sentada en el banco. Se autoengaña pensando que quiere dejar al viejo dormir tranquilo pero sospecha que se trata de una mera excusa para disfrazar su huida. Debe alejarse lo más rápido posible de ese territorio envenenado. ¿Envenenado por qué? ¿Por quién? No tiene respuesta, la suya fue una comprensión espontánea y para nada calculada, como un flash. No puede permitirse semejantes percepciones por más fugaces que sean. Lo irracional no tiene cabida en su existencia, ella es investigadora del Instituto de Ciencias Aplicadas, lo demás es mera poesía. Fantasía. Esas lacras. Se interpela por su nombre como convocándose al aquí y ahora de una realidad que se le escurre: Noelia Martínez, se convoca, Noelia. Como quien dice volvé y perdoname. O volvé, te perdonamos. O trae tu espíritu y vente, como dicen que dicen en las curas de espanto. Pero ella no necesita todo eso, ella es una mujer racional seriamente involucrada en su trabajo de investigación. El Instituto está en la otra punta de la ciudad, por eso mismo, y dado que por el momento no posee computadora propia, debe acudir a un locutorio; si eligió uno algo distante de su casa es porque la obliga a atravesar el parque a pie y cumplir con la dosis necesaria de ejercicio. Así de simple.

Pero ya nada es simple, los sucesos de la tarde le han dado vuelta la pisada y se siente perdida. Al llegar a su apartamento prepara un café y se aferra al tazón como a un salvavidas. Noelia, se convoca, Noelia Martínez, ignorando que los antiguos egipcios en el instante de la muerte invocaban el propio nombre como un talismán para aferrarse a su alma. No lo sabe porque lo suyo es la ciencia. Aplicada, por cierto. No por eso el tema de la muerte deja de palpitar en el ámbito circundante. Y la mujer del locutorio metida en una bolsa de plástico negro como un concón, como un capullo. Ella ha visto algo similar en alguna parte. En realidad nada vió, lo apenas entrevió muy al descuido. Hace poco. ¿Dónde? En su calidad de investigadora las preguntas son su acicate. Sí. En general. Aunque éstas son preguntas que no abren nuevas puertas sino que las cierran. Las entierran. ¿Quién pensó semejante palabra? ¿Quién sino ella misma? Noelia Martínez se siente atrapada en ciénagas desconocidas donde su pensar se anega. El viejo vagabundo del parque se lamentó de no poder morir lejos. ¿Lejos de qué? El vagabundo del parque lo que en realidad dijo es que no puede morir como todos en un lugar cualquiera, y lo resiente. Como si él habitara un secreto que ella no alcanza a descifrar y que sólo unos poquísimos elegidos conocen. ¿Elegidos? Noelia Martínez se sacude intentando retomar la cordura. Elegidos, condenados, es lo mismo. Pero saben. Ella, investigadora, también sabe o podría saber o quizá; y no quiere. Una cosa es investigar y algo muy distinto es penetrar lo investigado. Aquí, allá, en cualquier parte. ¿Muy lejos de dónde, el viejo? El vuelo.

A Noelia allá en el locutorio la computadora abandonada por la muerta supo hablarle de mariposas. Monarcas casi todas. Mariposas monarcas. Bellas, sí, de colores naranja y negro con puntos blancos, que no son las más bellas necesariamente, son las más longevas. Eso. Entregarse a la vida el tiempo que ésta dure. Lo que dure el vuelo de la monarca que para su tamaño y especie es muchísimo tiempo. Desde su lugar de nacimiento a su lugar de procreación a unos cuatro mil kilómetros de distancia, ida y vuelta. Un ciclo completo. ¿Cuándo completamos nuestro ciclo? Entre los humanos nada viene tan pautado. Noelia lo sabe, pero lo que sabe sobre las mariposas monarcas no sabe que lo sabe, lo leyó de refilón, de reojo, como de regalo.

Un regalo.

Maldito sea.

¿Quién lo quiere?

Aprieta tanto su tazón de café que está a punto de romperlo. Es de porcelana frágil como la vida.

Al viejo le resulta imposible morir, al menos en el parque.

¿Por qué nadie se preocupó por la muerte de la mujer allá en el locutorio?

Las monarcas no nacen con su esplendor de alas.

Las monarcas empiezan siendo orugas voraces que se comen toda la planta, se comen todo todo a su paso, se comen el planeta. Como los humanos, cuando podemos. ¿Y después qué? Después se acurrucan como quien pone la cabeza sobre las rodillas, una posición fetal igual a la de la muerta en el locutorio, una capa verde las envuelve como capullo y así pasa un tiempo hasta que el capullo se hace negro y al poco nacerá la mariposa. La esplendente mariposa toda fruncida que se irá desplegando con el inflar de sus alas hasta ascender en vuelo. ¿Cómo tiene Noelia estos datos, ella que no es entomóloga, ella para quien su vida son las matemáticas? Se ve que aquello que solía titilar en la pantalla justo antes de que ella se enfrascara en su trabajo se le ha ido colando en las neuronas. Eso sí puede entenderlo. ¿Pero lo otro? ¿La muerte?

Empieza a sospechar que las mariposas no deben de tener ni la menor noción de la existencia de las orugas, las orugas sin duda ignoran que llegado el momento habrán de volverse mariposas. No es sólo que no puedan reconocer los lazos de parentesco que las unen. Ni siquiera pueden verse, ni olerse ni tocarse ni nada, sigue imaginando Noelia y la idea le resulta ridícula, risible, intolerable casi. Orugas y mariposas transcurren en lo que para esos lepidópteros vendrían a ser muy diferentes dimensiones del espacio-tiempo. A la muerta de hoy, la mujer frente a la computadora, no la volveremos a ver más así como la muerta no nos verá nunca más a nosotros los vivos. Tal como ocurre con todos los que han muerto. Nosotros somos larvas apenas, ellos ya han mutado. Esa mujer estaba hoy vestida de verde —rememora Noelia— y doblada en dos. En esa misma posición fetal la metieron los hombres en la bolsa. La bolsa negra que los americanos con desprejuiciado tecnicismo llaman body bags, bolsas de cuerpo, de cuerpos despojados de vida. Verdaderos concones.

Y entonces Noelia Martínez se despoja de su incredulidad y corre hacia el parque llevándole los tres pesos al viejo. Para que pueda por fin concurrir al locutorio donde desde tiempo atrás lo debe de estar esperando la muerte. O, mejor dicho, una carta de amor.

El encuentro

A instancias de sus amigos más íntimos, porque a sus innumerables admiradores jamás habría osado comentárselo, se internó en la clínica para adelgazar que se encontraba en medio de la pampa. La verdad es que ella había engordado en exceso, una gordura que no interfería en absoluto con su arte pero atentaba contra su salud. Y, enfundada en un flamante traje de gimnasia blanco, muy temprano a la mañana se caló las flamantes zapatillas y zarpó con los demás pacientes a cumplir la primera fase del programa. No se les pedía nada del otro mundo, sólo que caminaran dos kilómetros. Demasiado para ella tan poco acostumbrada a andar a pie, pero no había más remedio: el ómnibus los llevó a cierto punto en la ruta de tierra y allí los abandonó a su suerte. Que cada uno retorne al ritmo que mejor le cuadre. Ella se fue rezagando, el sol estaba cada vez más alto y el calor se hacía sentir en la desolada carretera. Agotada, se dejó caer en los hilos de sombra de un espinillo y temió no poder llegar jamás a la clínica, pero al rato su fino oído detectó el ronroneo del motor mucho antes de que el destartalado camión se hiciera ver a la distancia. Un milagro. Se puso de pie casi de un salto impulsada por la ansiedad —casi no pudo creerlo— y le hizo señas al camionero para que se detuviera. Después, que en la clínica le digan lo que quieran, sabía que ésa era su única vía de retorno. El camión se detuvo, la puerta se abrió, pero al sentarse por fin al lado del conductor, el conductor la miró con una mirada que ella no pudo calibrar. Por si acaso, para que el hombre no la creyera una mujer fácil en busca de aventura, le dio su verdadero nombre:

—Soy Mercedes Sosa —le dijo con determinación.

El camionero torció la boca al sonreír:

—Sí, sí —le contestó como sobrándola—. ¡Y yo soy Carlos Gardel!

La Negra Sosa se indignó. Por eso mismo, y para probar su sinceridad, de inmediato se puso a cantar con esa voz tan suya que parecía emerger de las entrañas de la tierra. "Lunita Tucumana" le cantó, para que al tipo no le cupiera ni la más mínima duda.

Y él para no ser menos se largó con "Mi Buenos Aires querido". Y esos trémolos, esa vibración en la voz, ese sentimiento inimitable, tampoco se prestaron a la duda. La Negra supo de inmediato que sí, era él, Carlitos, el zorzal criollo, nada menos. Y juntos entonaron un dúo como tomándose de la mano, y ninguno de los dos se asombró cuando el camión por cuenta propia se puso a ascender por los aires, nimbado de luz, mientras allá abajo en la ruta polvorienta, cada vez más lejano, quedaba tendido un cuerpo amortajado de blanco a la sombra triste de un espinillo.

La sal de la tierra

Dicen que la sal conserva. Puedo atestiguarlo, o no, porque llevo milenios pero conservar no sé si me conservó en verdad: yo *soy* la sal. Dicen o dijeron que el agua tiene memoria, que si se te cae la llave en una costa del vasto océano, con un poco del agua recogida en la costa de enfrente abres la puerta de tu casa. Yo sobre eso no puedo decir nada, nada sé de llaves pero lo importante es que puedo decir, me es dable expresarme. Porque la sal es palabras, o las palabras son sal o como sea. Y la sal es memoria. He ahí mi desgracia, mi condena. Dicen que mi culpa fue desobedecer la orden de no voltear la cabeza y ver lo que no debió ser visto por ser humano alguno, pero sí miles lo vieron; miles lo vieron pero, condenados a muerte, debieron olvidarlo para siempre. Sólo yo recuerdo lo irrecordable, por eso mismo y aun desintegrada como estoy —en todas partes como estoy hecha migajas, muchísimo menos que migajas, hecha del no-ser, de la salinidad extrema—, me pongo a narrar desde un principio sin saber si lograré alcanzar el centro del horror. Porque siempre hay algo más, un centro imposible. Nadie debió saber de esto y yo lo sé, nadie nunca debió tener el más fugaz de los vistazos de eso que yo atiné a percibir en el instante supremo y fui hecha estatua de sal, inaccesible.

Ahora estoy en todas partes y nunca tuve nombre. En todas partes estoy y fui tan codiciada por milenios y dicen que poco a poco me iré perdiendo por disolución de los glaciares, los témpanos, los mares de hielo y toda esa agua dulce que acabará conmigo. Conmigo y con mi especie si el recalentamiento llega a extremos. Y yo he visto un extremo. Es por lo que vi que me pongo a contar, sin mentarme, ya que nunca tuve nombre. Ni mis dos hijas ni yo tuvimos nombre, y para colmo la sangre Lot, el imbécil de mi marido, corre ahora doblemente por las venas de toda mi descendencia. Sólo me consuela saber que estoy también en todas las sangres de todos los vivientes porque la sangre es salada. Como el sudor, el semen y las lágrimas. Yo que nunca más pude llorar, que sólo supe llorar en mi tan lejana carnadura, soy ahora las lágrimas, soy océanos y salinas, soy catedrales de sal en las entrañas de la tierra donde esos que se dicen mortales oran por la eternidad de sus almas. Pobrecitos, ¡si tan solo supieran!

Entonces. Entonces, en aquel entonces, el imbécil de Lot, con su profusión de rebaños y de pastores a su mando y su juventud, me eligió por esposa. Eso no fue lo peor. Vino después lo malo, cuando hubo de separarse del tío Abraham porque ya no había lugar por aquellas comarcas para todos nosotros. Para toda su codicia. Abraham sin disimulo alguno se la pasaba conversando con Jehová el Altísimo, era su favorito a no dudarlo y por eso se pudo permitir el lujo de ser magnánimo. El imbécil de Lot que era apenas su sobrino debió haberlo sospechado, pero no: cuando el tío Abraham extendió sus manos hacia la nada y le dijo Hemos de separarnos, no hay lugar en estas tierras para tu bando y el mío (o algo parecido) y le dio a elegir cualquiera de las distantes comarcas, mi marido no tuvo mejor idea que enfilar hacia el fértil valle sintiéndose muy astuto. A las tierras del rey Bera, nada menos, vecinas a las del rey Birsa, que para colmo de males pronto entraron en guerra. Muy fértiles, las tierras, sí, y también muy depravadas, qué quieren que les diga. Una en aquel entonces no tenía voz para quejarse, pero muy sospechoso me pareció que se estuvieran todos divirtiendo tanto. Demasiado, para mi gusto; sobre todo los buenos muchachos de Sodoma que ni falta hace explicarlo porque bien sé que pasaron a la historia por culpa o quizá gracias a sus costumbres non sanctas. Así va la cosa. Y a mí, morena y todo como era, de piel radiante y ojos de brasa (pero no quiero mencionar esa palabra), ni me miraban, ni miraban a mis dos hijas cuando se hicieron púberes.

A pesar de que el idiota de mi marido se las ofreció en bandeja. Pero ya llegaremos a eso, ya estoy harta de rememorar las hazañas del tío Abraham que en más de una oportunidad se dedicó a salvarnos. ¡Ay, Lot! No me dejaba ir ni a la fuente por agua, y ahora estoy en todas las aguas más tempestuosas del planeta. Yo iba igual y ellos ni me miraban, los varones de Sodoma. Por eso mis hijas al llegar a la edad insistieron tanto en irnos a Gomorra, ahí sí que se divertían las mujeres. En Gomorra la cosa era distinta, y al rey Birsa le gustaba vestirse con los brocatos más suntuosos y con faldas y blusas. Se decía, muy en voz baja, que hasta usaba el kohol de las mujeres del desierto para resaltar sus ojos y se ponía carmín en sus abultados labios. Se decía, pero era un secreto como todo lo de Gomorra y por eso mis hijas, no las culpo, soñaban con trasladarse a esa ciudad de mujeres felices. En fin. Que su padre, Lot, mi legítimo esposo, se lo tenía prohibido porque como sobrino de Abraham pretendía ser similar a su tío aunque el Altísimo nunca le hubiera dirigido la palabra. Por fin Lot les consiguió a las niñas sendos pretendientes, dos insulsos incapaces siquiera de divertirse como los otros habitantes de Sodoma. Esos dos casi ni probaban los licores fuertes ni se revolcaban llenos de lujuria como el resto, eran alérgicos al humo de las diversas hierbas embriagantes, no bailaban siquiera durante las interminables noches de Sodoma. Total, que las niñas temieron morirse de tedio. También yo pero no era quien para quejarme. Ahora sí puedo quejarme pero ya no me importa, la diversión es otra. Ellas querían cruzar la estrecha franja de desierto que nos separaba del siguiente oasis: Gomorra, nombre intenso. Así hasta que llegaron los dos varones bellos, esos que se decían Ángeles aunque más bien parecían señoritas atildadas y austeras. Lot los encontró en la plaza y los conminó a refugiarse en nuestra morada antes de que cayeran las primeras sombras del crepúsculo y los habitantes de Sodoma salieran de cacería. Eran triples nuestras paredes de barro y sin embargo hasta lo más profundo del recinto nos llegaban los aullidos de gozo, los suspiros y anhelos y disfrutes en las memorables —para otros, para aquellos que ya no tienen ni memoria— noches de Sodoma.

No sé quién se lo habrá contado a Lot en un solo soplo. Los mismos ángeles, seguramente, y Lot nos reunió a las tres y a los pretendientes de las niñas y nos transmitió la historia, instándonos a huir. Y supimos del regateo del tío Abraham con el Altísimo, algo como de bazar de baratijas. Eso éramos nosotros, baratijas, porque Dios en castigo se propuso eliminar a sus muy pecadoras ciudades, Sodoma y Gomorra, de la faz de la Tierra. Y el tío Abraham Le rogó de salvar nuestra ciudad en caso de encontrar cincuenta hombres piadosos. Yo no creí el infundio, en un principio, pero resultó ser cierto y ahora puede leerse en cualquier parte. Supe así que se acercó Abraham a Dios y Lo conminó: ¿Destruirás también al justo con el impío? quizá haya cincuenta justos dentro de la ciudad: ¿destruirás también y no perdonarás al lugar por amor a los cincuenta justos que estén dentro de él? Lejos de Ti el hacer tal, que hagas morir al justo con el impío, y que sea el justo tratado como el impío; nunca tal hagas; el Juez de toda la tierra, ¿no ha de hacer lo que es justo?

Entonces respondió Jehová: Si hallare en Sodoma cincuenta justos dentro de la ciudad, perdonaré a todo este lugar por amor a ellos. Y Abraham replicó y dijo: He aquí ahora que he comenzado a hablar a mi Señor, aunque soy polvo y ceniza. Quizá faltarán de cincuenta justos cinco; ¿destruirás por aquellos cinco toda la ciudad? Y dijo: No la destruiré, si hallare allí cuarenta y cinco. Y Abraham volvió a hablarLe, y dijo: Quizá se hallarán allí cuarenta. Y el Señor respondió: No lo haré por amor a los cuarenta. Y Abraham dijo: No se enoje ahora mi Señor, si hablare: quizá se hallarán allí treinta. Y el Señor respondió: No lo haré si hallare allí treinta. Y dijo: He aquí ahora que he emprendido el hablar a mi Señor: quizá se hallarán allí veinte. No la destruiré, respondió, por amor a los veinte. Y volvió a decir: No se enoje ahora mi Señor, si hablare solamente una vez: quizá se hallarán allí diez. No la destruiré, respondió, por amor a los diez. Y Jehová se fue, luego que acabó de hablar a Abraham; y Abraham volvió a su lugar, bastante cabizbajo agrego yo porque no podía ignorar que eso de encontrar hombres justos y píos en esta disipada ciudad era cosa de Mandinga, como se dice hoy día por las costas del sur por las que también transito.

Y queda tanto por narrar, porque cuando cayó la noche los sodomitas vinieron hasta los muros de nuestra casa, todos ellos vinieron, desde el más joven al más viejo, a reclamar la presencia de los dos recién llegados, de los nuevos varones, los llamados ángeles. Les habían echado el ojo, claro está, y los querían para darles matraca, los querían para echárselos al buche, para conocerlos decían, conocer por dentro era la cosa, conocerlos bíblicamente como ahora se dice. Y entonces mi marido Lot salió a la puerta, y cerró la puerta tras sí, y dijo: Os ruego, hermanos míos, que no hagáis tal maldad. He aquí ahora yo tengo dos hijas que no han conocido varón; os las sacaré fuera, y haced de ellas como bien os pareciere; solamente que a estos varones no hagáis nada, pues que vinieron a la sombra de mi tejado. Y ellos que querían a los efebos y no a mis muchachas respondieron: Quita allá; y añadieron: Vino este extraño llamado Lot para habitar entre nosotros, ¿y habrá de erigirse en juez? Ahora te haremos más mal que a ellos. Y amenazando gran violencia al varón, a Lot, se acercaron para romper la puerta. Entonces los dos recién llegados alargaron la mano y metieron a Lot en casa con ellos, y cerraron la puerta. Y a los hombres que estaban a la puerta de la casa hirieron con ceguera desde el menor hasta el mayor, de manera que se fatigaban buscando la puerta.

Buen padre, me resultó mi Lot, buena banana; quizá por eso cuando los dos varones nos instaron a huir con toda la familia sólo nos fuimos las cuatro ratas: los futuros yernos no quisieron seguirnos, alegando que las conminaciones de los ángeles eran puras patrañas. Así les fue. Peor les fue a mis niñas cuando quisieron procrear y hubieron de contentarse con la semilla de su propio indigno padre, embriagado por ellas para consumar el acto sin siquiera hacerlo partícipe. En fin, que esa es otra historia de la que me enteré siglos más tarde, cuando ya toda filiación se había perdido. La que no se pierde soy yo, en cada partícula de sal estoy, no me canso de repetirlo ahora que se me ha dado por tomar voz en estas costas del sur por el momento amigas. En fin, tanto tiempo sin hablar y ahora hablaría hasta por los codos, si tuviera codos. Porque al salir de Sodoma con los dos varones ángeles nuestros salvadores, ellos conminaron a Lot con palabras bien fuertes. Y dijeron los varones a Lot: Todo lo que tienes en la ciudad, sácalo de este lugar; porque vamos a destruir este lugar, por cuanto el clamor contra sus habitantes ha subido de punto delante de Jehová; por tanto, Jehová nos ha enviado para destruirlo.

Y cuando nos hubieron llevado fuera, le dijeron al idiota de mi marido: Escapa por tu vida; no mires tras de ti, ni te detengas en toda esta llanura; escapa al monte, no sea que perezcas. Acto seguido —así continúan contándonos las Escrituras que ahora cito— Jehová hizo llover sobre Sodoma y sobre Gomorra azufre y fuego desde los cielos; y destruyó las ciudades, y toda aquella llanura, con todos los moradores de aquellas ciudades y los frutos de la tierra.

A mi triste historia la despachan en una sola línea, diciendo: Entonces la mujer de Lot miró atrás, a espaldas de él, y se volvió estatua de sal. Y subió Abraham por la mañana al lugar donde había estado delante de Jehová. Y miró hacia Sodoma y Gomorra, y hacia toda la tierra de aquella llanura miró; y he aquí que el humo subía de la tierra como el humo de un horno.

Así hube yo de quedarme a mitad de camino supuestamente para siempre, una estatua de sal. Por sólo una ojeadita, pero ¡qué ojeadita! Mejor dicho, no me condenó el mirar para atrás ni la desobediencia, me condenó lo que vi más allá de la atroz lluvia de fuego y de azufre como infierno, más allá de todos los habitantes de Sodoma y de Gomorra hechos teas humanas.

Ahora que mi liberación se ha completado quizá logre ponerlo en palabras, si tal espanto puede ser dicho en la voz de los humanos que ni siquiera es la mía de otros tiempos.

Mi liberación fue tan desesperadamente paulatina. Tan lenta. Imperceptible al punto que Dios en todas sus mutaciones no supo detectarla. O no Le importó, ¿qué podía importarle a Dios, siempre tan ocupado, una simple y burda estatua de sal que antes fue una mujer sin nombre, tan sólo la esposa de Lot?

Primero fue el ganado el que empezó a liberarme, por esa necesidad de sal que sienten los animales superiores. Y yo estaba allí plantificada en medio del desierto al alcance de sus ávidas lenguas. Me fui disipando poquito a poco en sus orines, penetrando en la tierra. Y ahora los viajeros se asombran del Mar Muerto. Lo maté yo, en un principio, con parte de mi salazón allí concentrada hasta saturar sus aguas. Más tarde llegaron las huestes romanas. El salario era lo que percibían como pago, ese pan de sal tan codiciado que no debía romperse al pasar de mano en mano. Empecé así a viajar por el mundo hecha pedazos. Y, como es sabido, no hay sal que dure cien años. Por eso mismo partículas de mí empezaron a fluir por todas partes pasando por los cuerpos y filtrándose hasta alcanzar mares y océanos que antes eran dulces. Conocí los abismos y las cimas más altas, enceguecí a más de uno en los salares bajo el rutilante sol, me hice imprescindible para la vida y depuradora de males. Me usan para conservar los alimentos. Me usan para la protección o para esas brujerías llamadas salaciones, me usan para las curas de espanto. No debo faltar jamás en la morada de los hombres, junto con el pan y un pedazo de carbón. Pero el carbón sirve para calentarse y el pan es bueno, no sabe lo que yo sé y que transmito por ósmosis con cada una de las partículas en las que me he diseminado. Porque yo vi, y lo que vi es imposible de ser explicitado, tan sólo dicho en cuatro palabras: la ira de Dios. Vi la ira desmedida de Dios. Un Dios que provocó personalmente la destrucción de sus propias criaturas, un Dios que no supo controlarlas y perdió los estribos. Para siempre.

Para Esther Cross y Ángela Pradelli

Luna menguante

Afuera el sol raja las piedras de la ciudad amurallada. En el patio de la antigua casona de la calle Tumbamuertos todo es penumbra y humedad, engañoso frescor y mucha melancolía. Es un patio rectangular, cerrado, una piscina de aguas levemente glaucas ocupa casi toda su superficie, la rodea una acera de baldosas rojas con unas cuantas macetas algo mustias. Decadencia es la palabra. Siete puertas dan al patio. Son las del baño, la vasta cocina y cinco habitaciones que se alquilan por semana. El piso alto fue clausurado después del temblor y sus ventanas que dan al patio son ahora ciegas.

Es ésta una semana excepcional: las cinco habitaciones están alquiladas a cinco personas que no se conocen entre sí y sin embargo constituyen algo parecido a una familia. Pura casualidad. O destino. O secreto designio.

En la primera habitación entrando a la izquierda se encuentra Amanda. Amanda anda laxa, aplastada, atragantada, a las arcadas. La más baja pavada la manda a la cama.

En la segunda habitación, Esvén se mece de estrés, es endeble, bebe té. Cree que el relente le empequeñece el pene.

En la tercera habitación están Iris y Rintintín. Sí, Iris, difícil: crisis sin dimitir, vivir sin insistir. Rintintín, pis y pis; sin bilis.

En cuanto a la cuarta, ¡oh la cuarta! Otto —o Poroto—, hombrón hosco, sonoro ronco con poco moco, socotroco monótono, con hombros como coloso.

Y por último, en la quinta habitación se encuentra una muchacha taciturna de nombre engañoso, Luz. Luz: humus, cúmulus, fungus (algunos fosforescentes).

Las cinco habitaciones son idénticas y espaciosas; además de la indispensable cama grande tienen sendos sofás de mimbre, mesa, dos sillas, televisor, todo lo necesario. Ya está cayendo la tarde pero el agobio retiene a cada uno en su respectivo cuarto, la puerta abierta con la esperanza de captar alguna brisa. Sólo Rintintín sale cada tanto al patio central para marcar territorio. Ninguno de los cinco huéspedes sabe de los otros ni le importa, pero los cinco tienen la vista fija en ese espejo de agua ahí en medio del patio. La piscina, pequeña pero suficiente para un buen chapuzón y algunas brazadas. En el agua nadan unos insectos redonditos, pardos, que algunos llaman pulgones, son algo asquerosos, inofensivos, parecen lentejas. Los huéspedes no los pueden ver desde sus puestos de desgano. Los huéspedes han ido llegando por separado a lo largo de la mañana, la vieja que administra el albergue, la misma que los recibió en el oscuro hall donde reinan el perchero, la mecedora de caña y la mesita alta con carpeta de crochet, la misma vieja que los guió a sus respectivas habitaciones señalándoles de paso el baño y la cocina, la misma que limpia y organiza la casa, ya no está. Ha desaparecido sin previo aviso. Ninguno de los huéspedes lo ha notado, ni siquiera han salido para ir al baño o para prepararse un café, nunca se cruzaron. La apatía los envuelve cada cual a su manera y según su propio estilo. La apatía de Amanda es blanda, la de Luz como pus. Es esta última quien decide por fin sacarse de encima tamaña infección y, desnuda como está, corre al patio y salta dentro de la piscina. Aguas opacas, oscuridad naciente: piensa que nadie habrá de verla. Pero Rintintín acude al llamado de las salpicaduras y se arroja también al agua. Tras su perro salta Iris, sacándose a las apuradas el short y la remera para no mojarlos. Amanda lo contempla todo desde su cama, demasiado harta para decidirse a salir. Otto no duda, se zambulle al grito de ¡Soy Poroto! Esvén se estremece pero se saca los calzoncillos para no ser distinto y también se zambulle. ¿Quién falta? grita Luz, y Amanda sin pensarlo pierde en el camino la toalla en la que estaba envuelta y también salta, casi casi a los brazos de los otros. Del agua emerge un vapor denso.

La pequeña piscina está tan colmada que parece un caldero. A empujones lo sacan a Rintintín y el pobre no encuentra actividad mejor que aullarle a la luna medio menguada que acaba de aparecer tras las chimeneas. Son cosas de perro: le ve cara de vieja llena de arrugas a la luna, igualita a la vieja que supo recibirlos al llegar a la casona. Para colmo en ese preciso momento pasa un murciélago en vuelo rasante. No es de temer, todos ríen y la antigua casona resplandece. Ríen los cinco bañistas apiñados en la piscina. Hasta la luna menguante ríe, no del murciélago ni del perro, no, sino de esa sopa de letras ahí abajo en el centro del mundo.

Para Cecilia Balcázar

La gomera
(una parábola)

Era un pibito feliz durante el verano, como todos los de su barrio periférico en el pueblo de provincia. Jugaban por las calles polvorientas, en los potreros, en los baldíos; toda esa tierra de nadie era de ellos y competían de lo lindo a ver quién corría más rápido o saltaba más alto o era mejor goleador con la pelota de trapo. Esas cosas de chicos. Eduardito cumplía ocho y ya se sentía grande porque era muy bueno en los juegos a pesar de ser algo esmirriado —pero ya vas a crecer, le decían sus padres, ya te vas a poner fuerte, tomate toda la sopa, le decían sus padres—, por eso quiso tener una gomera propia, una verdadera honda como las que tenían los chicos de nueve o diez. Ellos lo ayudaron a encontrar la horqueta perfecta, y se la pulieron bien porque era su cumple, y hasta le regalaron la tira de caucho para armarla. Resultó ser una buena honda, Eduardito estaba contentísimo y empezó a practicar puntería con tanto empeño que al cabo de un mes ya volteaba las latas a distancia. Sabía elegir bien las piedritas, así que con un solo tiro chau lata que alguno de los otros pibes había parado sobre el poste. Entonces se envalentonó, Eduardito, y junto con los más grandes cada tanto le tiraba a un pájaro en vuelo, esperando algún día poder ser celebrado con los otros, los que habían aprendido esa cosa del festejo de tanto ver fútbol en la tele y cuando uno volteaba al pájaro todos se le abalanzaban encima para abrazarlo y con suerte montar sobre sus espaldas y salir al galope. Eduardito era más bajo y flaco pero lo dejaban ir de caza con ellos porque puntería no le faltaba. Por eso la tarde cuando Eduardito le acertó al pobre pájaro en vuelo el festejo fue enorme y lo aplastaron contra el piso de tanto querer agasajarlo y Eduardito ya no pudo levantarse más. Las piernas no le respondían. Un desastre total. Tuvo que venir a buscarlo su papá y se lo llevó en andas y tuvo que ponerlo en la cama porque las piernas de Eduardito ya no le respondían, y vino primero doña Eudivi la curandera y después el médico del pueblo y no le encontraron quebradura alguna pero las piernas, nada de moverse. Radiografía y todo, no encontraban el mal. Rotas no, no estaban, no. Debe ser neurológico, cosa del cerebro, le dijo el médico al padre. Y le dijo que lo llevara a la capital de la provincia para hacerse esos exámenes raros, tomografía le anotó, y resonancia magnética, y palabras aun más imposibles.

Entre todas las vecinas, madres de los chicos que se sentían culpables, juntaron unos cuantos pesos para el traslado. Así, muerto de miedo, Eduardito fue llevado en el sulky hasta la estación, su padre lo metió en el tren, no podía acompañarlos pero ya alguien los va a ayudar en la ciudad, la consoló a la madre, y a Eduardito le gustó el viaje en tren, poco más de una hora pero llena de cosas que se iban moviendo y cambiando, y al llegar a la ciudad sí lo ayudó un changador y la madre tuvo para la propina y para el taxi que los llevó derechito al hospital. ¡Oh la gran ciudad! se deslumbró Eduardito olvidado por un rato de sus piernas inertes, hasta que en silla de ruedas lo llevaron a la guardia y allí lo depositaron en una silla dura. Vos no te me movés de acá porque yo tengo que hacer los trámites, lo conminó la madre y le habría causado gracia a ella, la frase, de no ser tan dramática la situación, porque vos no te me movés de acá, claro, como si el pobrecito pudiera ir a alguna parte con esas piernas que ya no eran de él ni eran de nadie.

Y Eduardito allí solito en la sala de espera trataba de revivir lo visto desde el tren o la impresión de la ciudad, para no pensar en lo que le esperaba, pero de golpe la vio, a la ventana. No era una ventana grande, pero tan tan luminosa. Llena de luz, parecía. Y por allí asomaba una rama de árbol con verdes hojas y algunas flores rosadas, y sobre la rama, resplandor maravilloso, estaba posado el pájaro más bello que había visto jamás y era como un imán, algo que lo atraía irremisiblemente. Y sin pensar en nada Eduardito se puso de pie, y sus piernas lo sostuvieron, y pudo dar como diez pasos hacia la ventana porque quería ver de cerca ese pájaro de sueños, y tocarlo de ser posible, acariciarlo. Pero ya a escaso medio metro de su meta se acordó de la gomera que siempre llevaba en el bolsillo y la buscó con la mano y allí mismo se derrumbó, las piernas una vez más inertes.

Ni la madre ni los médicos o enfermeras pudieron entender cómo el paralítico había llegado hasta ese lugar al fondo del largo pasillo con una ventana ciega, donde yacía como muerto. Y Eduardito, ya más entrado en razón y con todo el tiempo disponible para reflexionar, nunca pudo saber si la gomera lo había salvado de la muerte o lo había obligado a seguir esta vida de mierda condenado para siempre a la parálisis. De todos modos, por si acaso, nunca más quiso oír hablar de la gomera

Para Marguerite Feitlowitz

Conjeturas del Más Allá

Una buena escritora, una de verdad, se mete en la piel del otro y no juzga, no condena. Por eso mismo no puede decirse que una escritora sea o se sienta Dios, porque Él sí juzga y condena, quien quiera que sea ese Ser y se llame como se llame.

Esto es lo que piensa la escritora que nos incumbe. Ella lo intenta, al menos: meterse en la piel del otro. Y recuerda a su madre —quien también incursionaba en esas aguas ambiguas llamadas literatura— cuando cierta tarde le confesó que había abandonado a la maestra de meditación trascendental hindú (qué tiempos aquellos!) porque, aclaró la madre, Cuando me muera me pego el gran susto si viene a buscarme un dios azul de seis brazos o uno con trompa de elefante, no estoy acostumbrada a figuras así, yo quiero que me busquen mis santitos, los que conozco tan bien; qué cuernos. Esto último no lo dijo la madre pero resonó en sus palabras.

Y la hija pensó que por su parte ella no quería que la buscara nadie a la hora de la muerte, le resultaba mil veces preferible que la dejaran disolverse en paz en el cosmos y ser parte de la energía, sin ciencia ni conciencia. Cada una a lo suyo, y quizá de eso se trate, el Más Allá: de encontrarse con lo que una cree y punto.

Pero quizá no. Por eso, cuando le contaron la historia del violinista y el soldado en Terezin, empezó a barajar las posibilidades. Conjeturas, más bien.

La historia es la siguiente:

Es sabido que el campo de concentración de Theresienstadt fue usado por los nazis como "campo modelo" para demostrarle a los visitantes extranjeros lo bien que ellos trataban a los judíos.

Dejaron allí a los más conspicuos prisioneros —al resto los deportaron a Auschwitz— y cada tanto organizaban algún evento cultural y hasta ofrecían conciertos entregándoles a los músicos allí encerrados sus instrumentos, por un rato. Algo sencillo y emotivo que duraba un par de horas antes de devolver a los músicos al espanto habitual del lager.

Un amigo les contó todo eso a los amigos de la escritora, que a su vez se lo cuentan a ella. Y les contó también que cuando entraron los aliados y por fin después de años se abrieron de par en par los altísimos portones del campo de concentración y los que pudieron y todavía tenían un resto de fuerzas salieron a la disparada y otros salieron arrastrándose, el joven amigo de los amigos que era violinista, que había sido un niño prodigio violinista y aterrizó en Theresienstadt de la peor manera pero cada tanto recuperaba su violín para alguna sonata, ese día de la salvación se quedó demorado, no entendiendo bien por qué, o más bien sabiendo que quería salir al compás de los acordes del tercer movimiento del Concierto para Violín en re mayor opus 61, el único concierto para violín del gran Beethoven. Necesitaba recuperar en su memoria los sones de esa felicidad del rondó, el allegro que lo acompañaría en la salida como lo acompañó en su primer concierto en la ópera de Varsovia cuando era adolescente. Y no podía recordar la partitura. Y no podía recordarla y sus pasos lo iban arrastrando hacia fuera de Theresienstadt casi a su pesar, y no podía pensar en otra cosa más allá del intento de recuperar esa música en la cual arroparse al salir; tan concentrado iba que no se dio cuenta de haber traspasado las pesadas puertas y la tenaz alambrada de Theresienstadt, y sólo recuperó su aquí y ahora del ahí y entonces al ver el ojo único de un fusil que lo estaba apuntando. Frente a él había un joven soldado nazi algo maltrecho pero firme, y lo apuntaba. Nuestro violinista sólo vio el fusil, ese ojo de un caño por el cual deslizarse y perderse y así de golpe le volvió a la memoria la música celestial. La partitura olvidada y festiva estalló en su cerebro, iluminándolo, y sus ojos llenos de luz se toparon con los del joven soldado, y el soldado algo entendió o captó, porque bajando el arma le dijo ¡Huye, cerdo! como una imprecación.

La escritora más tarde recapitula la historia y sabe que la posición del violinista resulta bella e incuestionable, pero tomando al soldado como personaje la historia puede presentar muy diversas facetas; conviene analizarla desde varios puntos de vista y tratar de sacar alguna conclusión. Por eso mismo decide meterse en la piel del otro, pero no elige ni al violinista ni al joven soldado nazi, aunque al soldado sí, lateralmente. Decide más bien meterse en la piel del Otro con mayúscula, de Aquél con el cual el soldado habría de enfrentarse después de muerto.

Todas conjeturas, posibilidades, porque ¿qué podemos saber nosotros pobres humanos de lo que nos espera una vez que hayamos cruzado el umbral dejando atrás esto que llamamos vida? Son múltiples las opciones que se ofrecen desde acá, en el supermercado de creencias a cuyas góndolas acudimos, y a veces hasta creemos tener poder de elección y nos aferramos a una de ellas —nos compramos una creencia y la tallamos a nuestra medida y nos abocamos a ella con esperanzas de ganar un lugarcito cálido y protegido cuando hayamos abandonado este valle de lágrimas, definido así casi siempre por los vendedores de creencias.

En los monoteísmos, como la palabra indica, hay un Dios único y omnipotente, omnisapiente, ubicuo, atemporal, eterno. Distinto en cada caso, por supuesto, pero en cada caso único. Por eso mismo cada Único invalida a los otros que para Él y por ende para sus fieles, no existen.

No sabemos cuál de las múltiples ofertas, en el momento de su propia muerte, eligió el soldado de la historia. Pero hay una posibilidad muy sólida de que haya sido ese Dios bonachón de barba blanca que es el Dios de los cristianos, que es uno y trino pero trino de sí, no con los otros, y ostenta infinita misericordia según dicen.

Por lo tanto —llegada su hora— el joven soldado de marras, quizá ya no tan joven o ya viejo, se acercó confiado ante Su presencia, y el Padre Eterno lo increpó:

¿Cómo osas presentarte ante mí, tú que has colaborado con la matanza de tantos pero tantos seres humanos?

Eran judíos, Padre.

¿Y a Mí qué me dices? Judíos... eso no existe. Todo ser que deambula en el universo es obra mía, todo ser es Mi creación y tú has andado por allí destruyéndola.

Padre mío, Tú que eres la misericordia misma, el alma del perdón, debes reconocer que he sabido perdonar al último, siguiendo Tu enseñanza.

¿Perdonar? ¿A eso lo llamas perdonar? El violinista no te pidió nada y el perdón se otorga como un don, tras el arrepentimiento, y él no tenía de qué arrepentirse. Además, lo trataste de cerdo, que es como mandarlo al mismísimo carajo aunque por supuesto la palabra carajo nunca ha salido ni saldrá de mis misericordiosos labios y de todos modos qué importa, si labios no tengo.

Y tras estas sabias palabras el Padre Eterno castigó al soldado con la condena eterna.

Pero supongamos que no exista Dios Nuestro Señor Padre de Cristo. Y los judíos, ese pueblo tan antiguo y sufrido, tengan razón y allí está Jehová, la Zarza Ardiente, esperando al soldado. Y lo increpa:

Tú, tú. Tú aquí, desvergonzado, traidor, que has colaborado con la más cruel tortura y extermino de millones de los míos.

Señor, yo sólo fui el engranaje de una rueda que supo arrastrarme.

La única rueda con poder de arrastre soy Yo, y tú ni me reconociste.

Señor, os reconocí a último momento, en los ojos radiantes de ese hijo tuyo a quien le di el perdón.

Mucho perdón, sí, y lo llamaste cerdo... Cerdo, ese animal impuro, prohibido, execrado por nuestra religión que es la única religión verdadera.

Y fue así que el soldado no tuvo escapatoria a la condena eterna.

Pero nada indica la primacía de Jehová, ni su existencia o inmanencia. Con otro fondo de pantalla muy diverso, el soldado se encuentra frente a Alá, el Dador y Originador de la Razón. El soldado no sabe cómo dirigirse a Alá pero sabe —lo ha leído en los periódicos de los últimos tiempos—que en ese paraíso lo esperan ciento once huríes para él solo, porque ha matado herejes. Y se relame, y Alá le lee el pensamiento y se indigna:

Alá no tiene herejes, eso es imposible. Es un infundio inventado por los canallas que se hacen llamar fundamentalistas cuando el único fundamento es Alá y su profeta Mahoma, y son esos canallas los verdaderos herejes de mi Fe que es la Única, y están condenados por toda la eternidad y tú te unirás a ellos. Sin contar que pronunciaste la palabra cerdo en pleno Ramadán, maldito.

Todos los intentos pueden ser considerados legítimos ya que de ninguno tenemos confirmación alguna. Entonces todo vale. Hasta buscar acercarse a Aquél que sólo es definido por la vía negativa. Se trata del Deus Absconditum de los cabalistas que ocupa todo el espacio posible y también el imposible y hubo de aspirarse a Sí Mismo en el Tsimtsum para darle cabida al universo. Ése Deus no lo registra al soldado, ni a nadie: está demasiado lleno de Sí Mismo.

Del Olimpo ni hablemos, aunque quizá convenga recordarlo porque si bien sólo los helenistas trasnochados hablan hoy del Olimpo, cabe suponer que un Parnaso concebido con tanta dedicación y esmero perdurará in aeternum donde sea, y entonces el Zeus iracundo de los rayos que devendrá Júpiter Tonante en su momento quizá sepa perdonar la agachada final del soldado y lo reciba en su seno. Será entonces Palas Atenea quien se oponga a tamaña afrenta y convocando a las musas sacará al soldado del Olimpo con cajas destempladas.

Y si, por esas cosas de la poca información globalizada, quienes reinan en el Más Allá son los dioses hindúes que asustarían a la madre de la escritora, qué duda cabe de que algún avatar de cada uno de ellos desaprobará de lleno la conducta del soldado, se la mire por donde se la mire, y si Kali la aplaude, verbigracia, Durga no tendrá para con él miramiento alguno. Y condenado quedará el soldado nazi para siempre por los dioses hindúes, no por ambivalente —ellos saben mucho de esas cosas y hasta crearon milenios atrás la svástica— sino por inconsistente y lábil.

Y si se apuesta a la más antigua antigüedad, ¿por qué Ra o Bastet o Anubis, o pongamos por caso las posibles deidades sumerias, habrían de preocuparse por ese despojo que despreciables dioses y deidades novatas condenaron?

Con multiplicidad de Protagonistas Celestes la cosa se complica. Ante cualquier Dios unívoco todo se hace más claro y definido aunque no por eso menos severo. El (joven) soldado nazi a esta altura ya nos está dando cierta pena porque en su deambular por paraísos animistas o politeístas siempre se fue topando con algún ente o kami o espíritu u orixá que no encontró forma de perdonarlo. Xangó dios de la guerra muy probablemente lo perdone, pero entonces Oxumaré y Iemanjá unirán sus aguas en incontenible torrente para expulsarlo y en su accionar ultraterreno el África entera y toda la africanidad del mundo, candomblé, macumba, santería y demás, no querrán saber nada de él. Por profano; y tan blanco para colmo.

Pero el Mas Allá no tiene por qué ser religioso ni estar regido por una o muchas Conciencias Superiores. Puede muy bien ser budista. Y Buda no fue un dios ni nada parecido, tan sólo un Maestro que no propagó una fe ni un dogma sino una enseñanza simple: este mundo es dolor y sufrimiento, podemos escapar al dolor si aprendemos las leyes del bien, del amor, de la impermanencia y el desapego. No es fácil. Para aprender a fondo debemos someternos a la rueda del eterno retorno antes de alcanzar el Nirvana, y a ella responderemos hasta liberarnos del todo de nuestras ataduras y de los llamados "fantasmas hambrientos". Mientras tanto, volveremos y volveremos a la Tierra en forma de seres superiores o inferiores, según nuestra conducta en la vida anterior y nuestra capacidad de aprendizaje. En cuyo caso, el soldado que nos concierne reencarnó, sí, y reencarnó en un cerdo que habita el matadero, condenado a asistir al sufrimiento de sus compañeros que preanuncia el suyo, hasta que lo alcance la muerte y una nueva condena.

Ahora bien. Hay muchas formas y muy variadas de budismo en oriente, aunque todas apuntan a la misma meta. Y mucha propagación del budismo en occidente en estos últimos tiempos tan aciagos. Pero no hay pruebas de que nos encontraremos con la posibilidad de reencarnarnos cuando pasemos al otro lado.

Por ende, no desesperemos por el soldado. Hay otras posibilidades en esta trama, ya que son todas conjeturas. La escritora ha empezado a tomarle cierta simpatía tras haberlo acompañado a lo largo de páginas y de tantas vicisitudes (nunca juzgar, recuerda) y trata de ayudarlo.

Indaga entonces, la escritora, en el paraíso de los filósofos a ver si por allí encuentra algún apoyo. Spinoza o Pascal no tendrían miramientos con el joven soldado. Nietzsche quizá; se promete estudiarlo más a fondo pero con pocas esperanzas; Superhombre, lo que se dice superhombre, el soldado no fue. Todo lo contrario.

Y ni hablemos del paraíso de los músicos: condena eterna a este mequetrefe sordo que no supo oír la música del genial sordo en los ojos y la mente del violinista. Este mequetrefe que le escupió su desdén en plena cara cuando el otro estaba frente a él, iluminado por el fulgor de una revelación: esos acordes sublimes.

Y en el universo de los lógicos el soldado se da con un palmo de narices. Los lógicos se enfurecen con él. La crueldad del soldado o su posterior ejercicio de perdón los tienen sin cuidado, lo que no toleran es la imbecilidad. A la salida del campo el infeliz creyó que aún era alguien, que tenía atributos para perdonar a una "víctima" cuando la verdadera víctima era él que ya había perdido la batalla, la guerra entera. Estaba del lado de la sombra, de la condena, ¿qué hacía entonces empuñando un fusil y sintiéndose magnánimo? Huye, le dijo al otro, cuando quien debía huir era él. Y Huye cerdo, le dijo, cuando en realidad era él el más cerdo y despreciable de todos, no sólo por perdedor: por no saber reconocerlo.

Como último recurso hay otra posibilidad de paraíso que quizá tiempo atrás lo habría dejado pasar cuando el joven soldado alegó haber obedecido órdenes superiores y cumplido por lo tanto con su deber, que no era un deber elegido por él pero así es la guerra y eran órdenes inapelables. Se trata del Paraíso de los Defensores y Defensoras de Derechos Humanos, el PDDH, donde después de juzgarlo lo condenan por alegar en su defensa "obediencia debida" que ya no es causal de perdón o de amnistía. El libre albedrío prima por sobre las vicisitudes si se es verdaderamente humano. Y el soldado no lo fue, en su momento, humano en el sentido de profundo humanismo.

Como nada indica que algo de lo anterior exista o pueda haber ocurrido —son sólo conjeturas, recordemos, sobre las múltiples propuestas celestiales— la escritora decide conducir a quien es ya *su* soldado a lo que ella piensa o espera sea la última morada: la nada, la desaparición total y definitiva en la energía cósmica. Para su propio infortunio el ex joven soldado nazi se resiste. Le queda una ínfima partícula de conciencia y es una conciencia que, durante aquel intensísimo intercambio de miradas con el violinista judío, contrajo la Torah —por contagio, por ósmosis, por algo parecido— y ahora sabe demasiado de la culpa. Del peso de la culpa. Y él mismo, es decir esa partícula ínfima que es él en el Más Allá ignoto, se condena para siempre por idiota: por no haber completado su trabajo matando de inmediato al infeliz violinista que ahora por toda la eternidad habrá de recordarle sus pecados.

Para María Teresa Medeiros y Walther Lichem

Perdición o El chiste de Dios

Cierto crepúsculo el señor Enríquez sufrió tremendo golpe y en su derredor todo lo femenino se le disolvió en el éter. Desde ese durísimo momento sólo pudo emitir el término "mujer" como un nombre suelto, sonido hueco, símbolo estéril sin sentido preciso. Sin tiempo de reflexión comprendió que ese golpe feroz le hizo perder el signo número uno, el del completo inicio. Y quedó sin referente, por siempre núbil como un cisne viudo.

Desde entonces migró por el mundo excluido de su centro secreto. Logró emitir sólo dos o tres conceptos sobre el género inverso, sobre el imprescindible ente sin pene que siendo el sexo débil es empero el que concibe el ser. Pero no logró seguir con los nombres ni referir o decir sentimientos profundos. ¡Enorme desconcierto! El signo primero se le desintegró en el éter (lo dijimos) como círculos de humo, pequeños redondeles con un tilde en el rincón inferior derecho. Lúgubre destino, porque ése fue el primer sonido del hombre. Sin dicho sonido ni su correspondiente signo, Enríquez hubo de volverse pre-primitivo, un ur-hombre, remoto por siempre de todo lo femenino y por ende del que desde su punto de visión es el sexo opuesto.

Todo por ser Eleodoro Ernesto Enríquez, un gentilicio poco poético si bien él supo sentirse primo de intelecto del escritor de Seine-et-Oise Georges Perec. Pero Enríquez hoy ni puede ponerse de mote el primer nombre del primer hombre según el Libro, el nombre bíblico, ese mismo que tiene dos veces repetido el signo perdido. Todo esto que le ocurre es muy penoso: el supremo poder en sí le pertenece pero no le permite perderse en el gozo. Entiende que se embromó; se encontró no en el séptimo

85

cielo como hubiese querido sino en el fondo de un precipicio, en el infierno. Y fue por efecto de ese triste detrimento que se convirtió en un ser por siempre indivisible, desierto y solo, y debió desoír el deseo de reproducirse, excluyendo de sí todo duplo o gemelo, y ni el intento de tener un clon le fue concedido, por ser ello imposible sin óvulos.

Le resultó muy doloroso no poder servirse de los jugos eróticos o de los fluidos en uso por el músculo color rojo ígneo como el fuego, ese músculo semi esférico que muchos porteños conocen como el bobo, el bombo del pecho. Sólo útil, su bobo, en servicios directos y sencillos, no celestes y menos suculentos. Todo porque el segundo sexo no le pertenece ni desde su fuero interno ni desde lo externo y tierno. Un dolor por ende lo oprime en un encierro sin solución posible. ¿Cómo sobrevivir sin el otro, el opuesto, sin un objeto del deseo como invertido espejo? No es sólo cuestión de sentirse hétero, Enríquez reconoce que lo homoerótico tiene lo suyo. Pero ¿cómo encender el fuego sin poder reconocer y menos decir lo sutil que lo nutre? ¿Cómo proseguir el juego de este mundo sin poder sentir ni suscribir emociones del todo disímiles del odio? Lo opuesto del odio le fue prohibido por decreto, ni referirlo puede. Sólo emitir conceptos confusos, estereotipos fijos.

Sin sentimientos positivos posibles en el simple decir, se identificó con lo propio excluyendo el prójimo, fue el puro egoísmo sin sueños de ser feliz en conjunción con otro, porque sin el signo prohibido el otro pierde todo interés, no existe. Y no existe el deseo. El ubicuo deseo pleno de brillo, imposible sentirlo sin un otro y el otro él entiende que Dios se lo tiene interdicto.

Eleodoro Ernesto Enríquez supo ser desde siempre el colmo de prolijo, obsesivo. Desprovisto de deseos oscuros o molestos, fue pomposo sin mucho sentimiento por el prójimo, y lleno de remilgos. No por eso merece el bruto exceso de lección desde el momento en que todo lo bueno y femenino, inofensivo, se le disolvió del propio ser en un súbito flujo. ¡Qué desmedido Dios exigente y confuso le tocó en suerte! Entendió que el suyo es un dios enérgico, sí, pero terriblemente electrodébil. Un dios morboso, chistoso, quien desde el infinito del Cosmos supo invertir su sempiterno rol muy tierno y lo reventó, pobrecito Enríquez. Cortóle senderos de expresión y mutiló su ser en el mundo de los vivos.

Y ese fue el período en que Dios riose porque en su eterno tedio (Él no se entretiene con el dominó, como bien supo Einstein; ningún juego de suerte es *su* juego) por fin logró divertirse un poco eligiendo un único, simple, fútil individuo —nuestro hombre—, imponiéndole límites muy estrictos. No escuchó su voz de él ni le importó su sufrimiento. Despótico y desmedido Dios...

Pero hoy el infeliz Enríquez, entendiendo el fútil cometido divino, por fin pretende resistirse y reñir. De súbito lo supo todo y resolvió emitir el sonido interdicto. Por eso mismo pone sus belfos lejos el uno del otro en redondel como diciendo O, pero no es O. Ergo, nuestro héroe (nuevo héroe) se estremece como débil helecho movido por el viento. Es consciente de que el desmedido evento puede producir el temible, tremendo deicidio y por ende su muerte de él, el rebelde. Eso no lo detiene. Insolente, exento de yerro, decide permitir que drene de su pecho el sonido prohibido como extenso suspiro. Un grito violentísimo. Este Dios se merece ingente punición efervescente. En lo que le concierne, nuestro Eleodoro Ernesto Enríquez en el postrer segundo descubre que morir no lo conmueve ni le produce terror de ningún tipo. Con su último soplo por fin se siente libre. ¡Aaaah!

Para Leopoldo Brizuela

El Narrador

Por largos períodos de tiempo me siento independiente y por lo tanto feliz. Ocurre así con esta misión que cumplo a veces a desgano, aunque desgano no sea la palabra, más bien a contramano de mí —a veces—, tratando de superar todas las vallas y las callaciones que a mi vez me impongo. Silenciamientos, eso, ganas de no decir lo que pugna por ser dicho cuando me parece percibir que desde la Zona me están dictando las palabras y eso me desespera. Cuando no las siento mías, a las palabras. Pero otras veces sí las siento mías, muy propias, y entonces me resulta exultante y al escribir es como si estuviera bailando y el cuerpo me acompaña más allá de las manos que se mueven. Piruetas en el aire hago, piruetas de la mente. Soy dueño de todos los espacios y los tiempos porque soy el Narrador y nadie me detiene.

Una misión bifronte es ésta de narrar, un mandato por momentos festivo aunque las manos de quien maneja el teclado dibujen tramas de sombra. No tengo sexo ni género en ese espacio del decir, al menos eso espero y sin embargo.

Una vez más me asalta el latido infernal en la sien derecha: me están llamando de arriba, de la Zona, para recriminarme. Atiendo o no atiendo. Tengo la posibilidad de reanudar el tironeo hundiéndome en las pringosas aguas de la duda. Mejor no atiendo. No atiendo nada, que se me resienta la sien pero yo llevo adelante mi proyecto sin modificación alguna. Soy el Narrador, qué cuernos, nadie tiene que venir de lado alguno a decirme cómo modelar las tramas.

Yo metí a dieciocho narradoras en arresto domiciliario después de un pretencioso encuentro a puertas cerradas, o mejor dicho a ojos de buey y compuertas cerradas porque el encuentro tuvo lugar en un barco. Y anoto pretencioso no porque fuera lleno de ínfulas sino porque pretendía atravesar una frontera, sin saber a ciencia cierta cuál. Ni a ciencia incierta, cosa más inquietante aun.

Y ahora hace rato que se me ha perdido el hilo de la historia comenzada meses atrás. Estoy bloqueado. No puedo dictar ni una palabra. Mi protagonista parecería haber cambiado de nombre y se me perdió su estela. No logro por el momento oler sus pasos, hay como cortinas opacas que me separan de ella y me impiden por ahora seguir narrándola. Puedo por lo tanto darme a conocer sin cortapisas, sin recurrir a máscaras ni a bigotes postizos —metafóricamente hablando como es siempre mi caso.

Muy al principio de la trama surgió un intruso que hubo de colarse en el territorio de mi protagonista, culpa de la mujer que va escribiendo la historia. El tipo se coló con la intención de subvertir el orden y arrancarme de las manos el hilo con el cual me proponía ir tejiendo la historia. Pero no voy a permitir que el intruso me desvíe de mi recto camino, no voy a permitir que me arrebaten a mi protagonista de la mira. Yo conozco su pulso. Nunca se lo tomé, no vayan a creerlo, ni me acerqué a ella en forma alguna no sólo porque me resultaría imposible sino porque lo último que corresponde es que la que escribe la historia sepa de mi existencia. Yo sé de la suya y eso basta. Si la que en términos generales escribe supiera de mí quizá desaprobaría mi estilo por no concordar con el estilo de ella, cosa por supuesto intrascendente porque si bien el estilo hace al hombre, según dicen, a la mujer vaya uno a saber qué la hace, y yo a la protagonista la hago a mi modo y con eso la escritora debería conformarse y debería agradecerme. A veces. Aunque no lo sepa. Agradecerme a veces cuando no soy demasiado severo con ella a pesar de haberla puesto en muy serios aprietos.

Un día de estos me tomaré el tiempo necesario para reflexionar sobre las opciones, sobre la imprescindible necesidad de optar en cada encrucijada a causa de esa única línea que los destinos individuales están conminados a trazar, por más anfractuosos que parezcan. La urdimbre está armada desde el comienzo, los hilos están tensados y sólo esperan el paso de la lanzadera que les irá diseñando la trama. Algunos como yo estamos aquí para tomar la posta y trazarles un recto recorrido a otros como ella, mi protagonista que cierto día se embarcó (mejor dicho embarqué) en el Mañana. Un barco llamado Mañana, como si eso fuera factible. Establecí que se embarcaran dieciocho mujeres en total, escritoras para colmo de males. A todas esas díscolas les cupo la lección y con ellas se intenta el rediseño. No todas sin embargo se merecen un tejedor de mi calibre, narrador impecable, las otras diecisiete con suerte encontrarán otros narradores, cada una el suyo, imagino, aunque nunca faltan quienes logran escapar y diluirse.

Pero mi protagonista ha huido de la clausura por mí impuesta en tanto Narrador y puedo por fin darme a conocer —a medias como siempre sucede— y retomar en lo posible el hilo de la historia embarrada por cierto maldito intruso que se coló en el cuarto cerrado, como ya dijimos, para subvertir el orden. No todos los narradores tienen que enfrentarse como yo con tan oprobioso contrincante, el intruso violador de herméticos confinamientos, el inasible por mis palabras porque logró cometer el nunca explicitable crimen del cuarto amarillo, el clausurado cuarto que si bien no estaba sellado por dentro tenía inviolables sellos hasta que él hubo de franquearlos. Pero consiguió algo positivo —todo malhechor suele hacer algo bueno sin querer, o viceversa: todo bienhechor se entrega de costado a las maldades. Yo, por mi parte, ni lo uno ni lo otro porque ni me inmiscuyo, casi. Estoy acá sólo para que la historia avance. Pueden llamarme el Narrador, el Locutor, lo que quieran. Soy la voz en off, la que viene desde cualquier parte para insuflar vida a la trama e impedir que la trama se estanque (aunque no debo ser tan impreciso: la voz en off es la otra, la que me llega de arriba, de la Zona, a soplarme toda suerte de incomodidades). Por culpa de dicha voz no siempre las cosas salen como lo estipulo, y eso no es todo. Para colmo algunas veces los seres bajo mi mira cobran exceso de humanidad y se retoban, con lo bien que estaban en su mera

calidad de obedientes personajes. La mujer que va escribiendo
esta historia (cuando se lo permito), lo sabe por experiencia.
Ojalá la escritura pudiera ser tan simple. Hay vueltas sin retorno
y cómo les gusta a ellos, a los personajes que en algún momento
fueron mi exclusiva creación, pegar la curva inesperada y desa-
parecer de mi vista. Mi protagonista, por ejemplo, la que estuvo
más enferma de imaginación que de la pseudo hepatitis que intenté inculcarle para guarecerla de quienes la tenían confinada.
La muy zorra. No debo contagiarme. La imaginación contamina
nuestra causa. Yo soy el Narrador objetivo, la Zona no me per-
donaría un desliz en ese territorio que le es propio: el fantástico.

Tampoco debo inmutarme. Soy el Narrador y debo conservar los hilos en la mano. Aunque a veces me duermo y se me es-
capan. Eso pasa. A veces me llaman de la Zona y me soplan un
cambio al que no siempre respondo. A veces hay intrusos. El violador, por ejemplo. Lo llamo el violador no por motivos sexuales
sino inmobiliarios. Violador de domicilios que perturbó el proyecto: mi protagonista habría de salir de allí mansita, después
de meses de encierro, su escritura nunca más haría lo que su
escritura quiere. Obraría como corresponde. Ahora no sé para
dónde habrá de encaminarse pero que se las arregle sola; siempre y cuando no se le ocurra dirigirse a la Zona tan sólo para des-
velar su inexistencia.

Procederé como si tuviera conmigo el rescatado disco rígido
de su computadora. Yo mismo le dibujé la compu a mi protagonista al dibujarla a ella. Era una laptop de las más viejas, sólida,
incomunicada con el mundo externo, y ella por su cuenta, reto-
bándose contra su sepulcral silencio, la reventó de una patada.
Atinó eso sí a conservarle la memoria y pudimos rescatar buena
parte del material allí anotado. Lo reviso a conciencia pero hay
partes muy dañadas por las que nos resulta imposible transitar.
Con los expertos de la Zona hemos hecho todo lo posible. Hay
tramos enteros que nos faltan como si pudiera haber estática
en la letra grabada, y eso que es letra inventada por nosotros.

"El libre albedrío" son las últimas palabras que pudimos recuperar con cierta claridad, todo el resto es una masa informe,

una confusa mancha como debe de ser ella en estos momentos, lanzada a un mundo al que no pertenece por la simple razón de que no se lo hemos trazado nosotros. Saldremos a buscarla por cielo y tierra, es decir en las entrelíneas de lo ya escrito, en los silencios de lo ya dicho. Yo al menos la buscaré por esas zonas de penumbra no para devolverla a su condena sino para poder seguir narrando —sin tener que recurrir a inventos y falacias— su historia que en realidad es mía. Y recuperaré también el pendrive que se llevó consigo. Así mi protagonista, nacida de esa pluma de mujer que responde a mi dictado, mi protagonista que logró independizarse por su cuenta, quedará despojada de sus propias palabras. Sus malditas invenciones.

En la Zona seré muy aplaudido. Debo ser riguroso en mi búsqueda y a la vez muy prudente. Que nadie pueda inferir los alcances de nuestra misión. Debemos mantener constante alerta. Aunque a esta protagonista me tienta atacarla con sus propias armas e inventarle otra trama. Debo resistir la tentación, aferrarme al lenguaje preclaro donde todo significa exactamente lo que YO quiero decir y algo más, de yapa.

Para continuar narrándola podría recurrir a la imaginación que por momentos ha sido mi mejor aliada, pero en estos andurriales por los que me muevo ahora a las alianzas conviene tomarlas con toda precaución, con pinzas como quien dice. Si eso fuera tan fácil, me soplan desde la Zona pero no los escucho.

He aprendido a narrar con tanta precisión que parece vivido. De la misma manera podría decirse —y la Zona suele apreciarlo— que he aprendido a vivir con tanta precaución que parece narrado.

No en vano soy el Narrador, el único.

Sin embargo ahora estoy en la estacada.

Aún me late la sien derecha, y es intenso el latido. La tentación es grande de no escuchar el llamado de la Zona y largarme al garete, pero demasiado bien conozco la consigna y es tranquilizadora: no irse por las ramas, no caer en el pantanoso terreno en el cual todo vale, ajustarse a la regla, es decir a las necesidades propias de esta ficción precisa. Soy el Narrador, la historia es mía aunque ignore por ahora el desenlace, y no debo apartarme del hilo narrativo de esta historia. Todo en alguna parte está trazado hasta en los más mínimos detalles, y si un espacio abierto debo dejarle a la invención será espacio acotado para que no se me vuelvan a colar seres inoportunos (desafortunados infortunios). Retomo entonces el tema del malhechor que ha quedado por oficio propio (es decir ajeno a mí) incorporado a la nueva trama, la misma que habré de rediseñar por su sola presencia. Pero hay que reconocer que algo bueno logró el tipo al forzar la clausura y permitir el paso de un hilo de luz allí donde todo debía ser opresión y claustrofobia. Sólo que por ahora mi protagonista ha cambiado de nombre, se hace llamar Marisa y se ha refugiado allí donde le está permitido el sueño, y eso no es sano. No es sano para mí. Pero a no olvidarlo, la trama es mía, ella sólo puede hacer uso de intersticios. Y lo hace, nomás, al uso, tratando de cuestionar lo incuestionable, tratando de minar mi lugar de dueño absoluto del lenguaje. Es el colmo. ¡Libre albedrío mis pelotas!

En tanto Narrador mi propuesta era describir el encierro de la protagonista sin complicaciones, ni para mí ni dentro de la misma narrativa. Sin detenerme en personajes secundarios, contar algo unipersonal y sencillito si bien opresivo, donde las cosas son lo que debieran ser. Pero la que escribe empezó con las preguntas. Como buena mujer, se metió a inquirir y así le abrió la puerta sin saberlo a personajes secundarios. Que dichos personajes secundarios cobren una vida intensa, independiente de mí, me descoloca. Que se hagan a su vez preguntas y elaboren complejas conjeturas sobre mi propia arma, mi herramienta vital, que se metan con el tema del lenguaje es imperdonable. Debí detenerlos. Borrarlos de la página.

Ahora ya es tarde, quizá de arriba, de la Zona, me empujaron la mano. Entonces doy la cara. Hace rato ya que he salido a enfrentar las consecuencias a lo macho. Lo sé —no se cansan de repetirlo y aunque no lo repitieran lo sé— que la narrativa de los hechos cambia íntegramente nuestra percepción de los hechos. Por eso es tan crucial designar una meta y no apartarse ni un ápice porque el más mínimo desvío en el punto de partida nos puede conducir a cualquier parte unas páginas o unos días o años más adelante en la historia.

¿Pero de qué meta estoy hablando si me gusta zarpar sin rumbo fijo?

Será por eso que la protagonista se me ha escabullido refugiándose en oscuros andurriales. Andurriales de la mente, supongo.

Debo recuperarla y devolverla al buen camino es decir a la trama que le corresponde. ¿Cómo hacerlo si a cada rato ella se me desliza entre los dedos como agua o arena? Lo de arena me trae el recuerdo a su perra Sand, pero ni la mujer que escribe ni yo sabemos a quién fue regalada y no es cuestión de salir a la caza de perros inventados; no es digno de alguien de mi estatura moral, pero no crean que no lo hice, buscarla en su momento: cuando uno está bloqueado cualquier recurso es válido y fue así como me ajusté el nudo de la corbata, guardé los anteojos en el bolsillo superior de mi saco (todo metafórico, claro) para partir en pos del hilo de la trama que se me ha perdido. Me puse en marcha (metafórica) aguzando el olfato. Como una perra en celo la trama, y yo intentando olfatearle las huellas. Cualquier papel me cuadra, soy el Narrador y por lo tanto puedo ser todos y ninguno.

Pero todo Narrador conoce la incontestable ley: cada narración conlleva una verdad implícita de la cual no hay apartamiento posible so pena de traición. La Zona no nos lo permite, sólo ella puede darse ese lujo. En tanto Narrador soy de alguna manera pintor, y por eso desde acá le pinté con palabras su hábitat a mi protagonista. Desde el lugar donde estoy que no requiere precisión alguna en el espacio, le pinté el universo cerrado en el que habría de moverse y lo hice con la minuciosidad de un trampantojo, un trompe l'oeil pensado hasta en el más mínimo detalle visible e invisible, para confundirla y perderla al darle la ilusión de poder elegir. En ejercicio del libre albedrío: esa mentira que ella supo mentar a mis espaldas, la misma con la cual nos han cercado los creyentes, ese portavoz infame a decir del filósofo, ese enemigo interno que no comprende el verdadero valor de las propuestas universales de la vida pública, a decir del filósofo. Y ella se burló de mí, la muy infame, ella se fugó por una puerta impensada. No se entiende. Si me habían asegurado que la mujer sólo existe en la medida que atrae la mirada del hombre, y yo la estaba mirando, sí, no la perdía de vista y lo que es más, la estaba describiendo, y ella supo esfumarse ¿Cómo, cuándo? No hay antes ni después, todo está en el aquí y ahora del lenguaje.

Esto me pasa por hacer de mi protagonista una escritora, es decir contrincante, como un desafío, y ella astutamente supo encontrar una salida y huir de mi alcance. A veces habrá que creer en la tan cacareada intuición femenina. Huyó a la calle, a la vida, caracterizada quizá para poder avanzar por su cuenta. De seguro salió con la intención de liberar a sus diecisiete colegas sin nombre que yo apenas esbocé para darle a ella un contexto, pero ella bien supo de la existencia de sus colegas, por más esbozadas que hube de presentarlas, y escapó de su encierro quizá para intentar liberarlas. Eso al menos es lo que habrán pensado en la Zona, lo que explica que en aquellos días de su fuga mi cabeza estuvo a punto de estallar, mis sienes eran fuego, ambas dos, la derecha y la izquierda, sin distinción y sin piedad alguna. Creo que en la Zona se demoraron unos días, al acecho, esperándola, tendiéndole redes, pero ella no asomó las narices por los territorios previsibles. Como si por un pase de magia o un acto de prestidigitación se nos hubiera borrado del alcance de nuestra imaginación creadora. Y hay que reconocer que es una imaginación elástica, adaptable, abierta a las contingencias de su paso.

Cierto es que a la Zona nunca nada se le escapa. Pero me ha cortado de cuajo la comunicación. Ahora debo recuperar la función de antena propia de todo Narrador y salir a captar por las inmediaciones el efluvio de mi presa, como buen sabueso, y con el olfato afilado disponerme a retomar el hilo de su historia. ¿Me lo agradecerá la mujer que la escribe? Me temo que hay más personajes de los ya encarados que acechan en bambalinas, personajes que no están en el delineamiento de la trama, pero no debo detenerme en ellos ni siquiera invocarlos ni —menos aún— temerlos. Pero los temo. Pueden hacer saltar toda la estructura si aparecen de golpe.

Es indignante cuando la narrativa de base se sale de madre y emprende caminos desconocidos hasta para el propio Narrador. ¿Y qué logramos? Sólo un caos mayor y la invasión de más y peores elementos. Suerte que del Gobierno Central me siguen respaldando, aunque de la Zona me abruman con reclamos. Por eso mismo, para acallar a la Zona, es que ordené la liberación de las narradoras aún cautivas. Los servicios de inteligencia bajo mi férula entendieron los motivos. El aceitado funcionamiento de una historia depende sin lugar a dudas de la lógica secuencia de los hechos, aun los no descriptos. Y cuando se abre una brecha en lo apretado de una trama, más vale servirse de la brecha antes de que los demás se tomen libertades para actuar por cuenta propia. Es decir, se tomen más libertades aun de las que generalmente se toman para actuar por su cuenta (que ya suelen ser demasiadas, cabe reconocerlo, porque en cumplimento de nuestras funciones narrativas no podemos permitirnos trampa alguna, imposiciones caprichosas o la simple censura).

En la Zona suenan voces de alarma, pero la Zona es algo exclusivamente mío. La Zona es un rasgo de mi genio que aflora desde los confines de mi ser. A los detractores externos los mato con la indiferencia, los relego al olvido por el simple hecho de ni siquiera llamarlos por su nombre. Ante un verdadero Señor de la Narrativa como el que suscribe, basta con quedar fuera de su novela para perder existencia.

Como si eso fuera fácil, me dictan desde la Zona. No los escucho aunque la sien derecha me esté volviendo loco. Mirala, me dictan desde arriba, mirala a tu protagonista. Ahora el agonista sos vos, me dicen desde arriba; ahora ella está soñando... perdiste la batalla, me dicen. Prestá atención, me dicen, aunque nada vas a oír porque es mudo su sueño.

Un universo sin lenguaje, ¿dónde se habrá visto tamaña aberración? ¿Tamaña negación de mi existencia?

¡Ya vamos a ver quién toma la manija, es decir la palabra!

Made in United States
North Haven, CT
02 May 2022

18791636R00061

Luisa Valenzuela, célebre en el arte de conducir al lector por los laberintos del suspenso y matizar escenas donde su usina de humor regala inesperadas sonrisas. "Una misión bifronte es ésta de narrar, un mandato por momentos festivo aunque las manos de quien maneja el teclado dibujen tramas de sombra". Escritora prolífica de fascinantes novelas y cuentos, en *El chiste de Dios* nos propone el desafío de intuir hacia dónde van sus personajes, por qué registros devienen las historias, cuáles son los debates entre la figura del narrador, el autor y sus protagonistas. Como si se tratara de una partida de dados en la cual el azar por instantes incide y por instantes cede espacio a la trama, Luisa Valenzuela sobrevuela los intervalos de la imaginación —dando un rodeo a las expectativas preconcebidas— para invitar a su aventurado baile con el lenguaje: ahí donde el lenguaje es factible de hacer striptease con las letras, sin olvidar el valor del sentido y del sin sentido. Pura invención documentada, porque si algo caracteriza a nuestra autora es su capacidad de cernir los tonos del fuego y esparcirlos en esa ocurrente amalgama mitad ficción, mitad "realidad" de una narrativa inigualable.

LILIANA HEER

Originalidad, inteligencia, audacia y un humor que conjura siempre a tiempo la tristeza y la desgracia. Los cuentos de Luisa Valenzuela forman un tesoro único en la literatura latinoamericana.

LEOPOLDO BRIZUELA

Luisa Valenzuela ejerció el periodismo en simultáneo con la literatura, lleva publicados más de treinta libros. Sus últimas novelas son *La travesía; El Mañana; La máscara sarda, el profundo secreto de Perón*. Entre sus ensayos destacan *Peligrosas palabras; Escritura y secreto; Cortázar-Fuentes, Entrecruzamientos*. En las colecciones de microficción señalamos *Brevs, microrrelatos completos hasta hoy; Juego de villanos; Zoorpresas zoológicas*. La editorial Alfaguara publicó en 2007 el volumen *Cuentos Completos y uno más*, considerados clásicos por la crítica. En 2018 el Fondo de Cultura Económica publicó su *ABC de las microfábulas*, ilustradas por Lorenzo Amengual. Luisa Valenzuela ha sido traducida a más de quince idiomas y figura en innumerables antologías internacionales. Recibió importantes premios y diversas jornadas fueron celebradas en torno a su obra, tanto en los Estados Unidos y México cuanto en Viena y Buenos Aires. Miembro de la American Academy of Arts and Sciences, Doctora Honoris Causa de las Universidades de Knox (Illinois) y de San Martín (Buenos Aires), es la refundadora del actual Centro Pen Argentina, ex Pen Club.

ISBN 978-987-4434-81-4

9 789874 434814

Vs
EDITORES

sb
editorial